U0907829

日知文丛

风义的怀思

陈建华 著

浙江古籍出版社

图书在版编目（CIP）数据

风义的怀思 / 陈建华著 . -- 杭州 : 浙江古籍出版社 , 2020.8
ISBN 978-7-5540-1764-7

Ⅰ . ①风… Ⅱ . ①陈… Ⅲ . ①散文集 — 中国 — 当代 Ⅳ .
① I267

中国版本图书馆 CIP 数据核字（2020）第 114695 号

风义的怀思

陈建华 著

出版发行	浙江古籍出版社 （杭州体育场路 347 号　电话：0571-85068292）
网　　址	www.zjguji.com
责任编辑	刘　蔚
文字编辑	周　密
封面设计	吴思璐
责任校对	张顺洁
责任印务	楼浩凯
照　　排	浙江时代出版服务有限公司
印　　刷	浙江海虹彩色印务有限公司
开　　本	889mm × 1194mm　1/32
印　　张	5.125
字　　数	107 千字
版　　次	2020 年 8 月第 1 版
印　　次	2020 年 8 月第 1 次印刷
书　　号	ISBN 978-7-5540-1764-7
定　　价	30.00 元

目　录

自 序

前不久收到张霖女士给我寄来张晖的《龙榆生先生年谱》，遂浮现往事。2002 年夏我来到香港科技大学任教，张晖也刚入学读博士。在办公室初次见他，谦谦有礼，言谈敏捷新锐，给我很深印象。他给了我一本《龙榆生先生年谱》，是他在南京大学读文科强化班第四年的作品，愈使我觉得人才难得。想不到他在 2013 年 3 月突然因病去世，英年早逝，令人徒生“文章憎命达”的悲慨。这本年谱虽属少作，出版后广受赞誉。此为“增订本”，据《后记》，张晖的同门学弟倪春君受张霖之托，依据张晖生前所拟定的增订版蓝图删改、增订而成。

我的一些随笔文章属于学问方面的收入《凌波微语》一书，已由商务印书馆出版；偏重文艺方面的收入《午后的繁花》，将由东方出版中心出版。这本《风义的怀思》较为特别，收入十一篇文章属追忆、悼念性质。所追念的都是我的老师、学生或朋友，除了《金庸的折叠江湖》这一篇，我与金庸先生没有交往，大约因为章培恒师对他的小说十分喜欢，故应邀而作。面对这些文章，我心头涌起感恩与追怀之情不能自已。回顾平生逶迤踯躅于学文教书之途，至今工龄也有四十年了。早年就读过韩愈的《原道》《师说》之类的文章，然而一路上如果没有良师益友的耳提面命、爱抚关照，就谈不上对古训有一番感同身受的体验。当然另一方面，想当年像我那样，照从前的说法不过是一介寒士，也曾蹉跎岁月、遭遇曲折，如果不是碰上昌明开放的年代和勇于拨乱反正的师长们，就是另一种人生了。好像最近听谁说过，与其靠才学更不如靠运气，我不知对不对，只觉得悲哀。

陈寅恪先生的《王观堂先生挽词》有“风义平生师友间”之句，书名取“风义的怀思”不敢说师门宗风，借此对幸能亲炙的前辈学者表达崇仰与礼敬，也有意与同道们矢志薪火传承而共勉。这也是我收到《龙榆生先生年谱》时产生的感动。所谓“风义”，在我的理解，风也者，指风尚、风骨与风化，关乎风气的熏染与影响；义也者，指义利之辩，涉及道义精神与侠义担当。试想倪春君与张晖素未谋面，然倾力相助，我想这不光因为师友相托与同门之谊，也是因为把“风义”作为人文传统而加以尊奉之故。

近一年来因为《书城》杂志连载我的《词史札记》，时常看龙榆生先生的著作，渐渐一窥其堂庑，虽然是从外面看进去的，偶有会意便掩卷而叹。清末词学复兴而臻至精微，词家不再是“伶工”而具现代“作者”意识。以此为背景王国维方始标举“境界”，并称“大词人”为“大诗人”“大学问者”。龙榆生师从朱祖谋，与唐圭璋、夏承焘属同门师友，犹如一树三花，皆毕生致力于词的研究、整理、诠释、创作与普及，就他们已出版的著作来看，卷帙浩瀚而洋洋大观，其相互之间切磋、勉励与激扬之语在在可见。这似乎能说明尽管他们历经社会环境与思想领域的变迁或个人遭际的颠簸，却能锲而不舍而终成正果，也未始不是“风义”精神的坚韧表现。

由于东西流转，数度搬迁，我与友朋来往的书信东一摞西一包地塞在抽屉或纸箱里，懒得看顾。那一回叶祝弟君嘱我写回忆文章，即本书中关于魏斐德等四位先生的那篇，翻箱倒柜却意外发现赵景深师的一封信，顿使我感愧万千。事情是这样的：我在读硕第二年写了一篇与夏写时先生商榷的有关明代戏曲家黄骥德的文章，在《学术月刊》上刊出，嗣后该刊也刊登了夏先生的回应文章。那时我有点头重脚轻，又写了一篇万把字的驳论，赵老看了竟然给《学术月刊》编辑部写了满一页纸的推荐信，嘱我把信与文章一起寄给月刊。

信上日期是 1982 年 6 月 19 日，当时我大约忙于毕业，结果没寄出去，这封信一直留在身边。四年前为纪念景深师写了怀念文章，也没提这件事，压根儿忘了。今天捧读此信，最后一段说：“夏写时先生是我所佩服的中国古典戏曲理论批评史家，虽然年轻，但成就很高；陈建华是我的研究生，他写的驳论是他自己有此看法。希望您能支持更年轻的一代。事理当为越辩越明。我这些简单的话也只是供您参考。欢迎您删去陈建华文中不当之处。祝好，赵景深。”读来一股温暖流注，眼前浮现先生的慈蔼面容，这么支持学生好像有点打抱不平，其间若有一股侠气。

该做的没做，该记得的又忘了，于是人情文债两亏欠，想想事出偶然，也就释怀了。我不善怀旧，然时不时挂在心头的，譬如安耀华老师，二十世纪七十年代跟他学英语，这些我在书里写过。看到他的两封信，用英文写的，那时我在美国，说他已入老境，语气豁达如故，却关心着我的状况。2000年暑假我回国，和安老师、小伍与老姚聚在一起。翻来翻去，只有他的相片，也有他和小伍的，怎么没想到和他合张影？我责怪自己的疏忽，没想到那是最后一次见他。后来在香港工作，打电话给他女儿阿月头，说安老师已不在了。

我们对明天过于慷慨，总以为还有机会，其实不然。想起叶笑雪先生就感到歉疚。1998年暑假我回国与吴格兄一起去看叶先生，他已知觉模糊不能言语。接着我去了郑州，在大哥家住了两个礼拜，回来他已走了，追悼会也开过了。我和叶先生是忘年交，1988年我出国，他住进我的复旦宿舍，照看我的书籍，把它们编目，一条条抄在纸上寄给我，每次写信都事无巨细写得密密麻麻。两年后宿舍给复旦收回，叶先生在搬出前把我的书装了四十几个箱子，和我的同门兄弟们一起把这些箱子运到古籍所，直到2013年我回到上海之后兄弟们又把这些箱子运到我的市里的寓所。

的确，平生所交不乏古道热肠性情中人，使我感发，在记忆中闪亮。每次见到吴格兄，就替自己难过。叶先生精通文史，学贯三教，曾担任李亚农秘书，因生性孤直而遭打击吃苦头。在复旦时已年届古稀，吴格与他甚为莫逆，常与他讨论学问，在生活上照料他。在他身后吴格为整理与出版其著述不遗余力，《徐森玉年谱》手稿本已由中华书局影印出版，《谢灵运诗集》也将由复旦大学出版社出版。这令我非常感佩。

张爱玲说她小时候一个人在花园里一边跳舞一边唱："一天又过去了，离坟墓又近一天了。"那当然是"童言无忌"。

但是在她晚年写的《对照记》里说："繁弦急管转入急管哀弦，急景凋年倒已经遥遥在望。"听上去就"寒嗞嗞"了。我在《紫罗兰的魅影》一书的自序中提到一些应当致谢的师友，结果掐指一数十余年里已经作古的不下十位，心想一一列出来不免吓嗞嗞，因此最后写道："书至此，不禁心头泫然。文中提到的几位前辈长者已奄然长逝，不一一道及，他们的著述与精魂永在，储于我心影。所谓人生苦短，世道亟变，仅愿留取当下，珍重眼前，与大家共勉。"序文署的日期是在2015年5月25日，而该书在去年出版时，范伯群先生和赵昌平兄先后仙逝。一时没写文章，因为《凌波微语》一书的出版需要一篇自序，于是写了两段话以志悼念。

王羲之《兰亭序》中"后之视今，亦由今之视昔"之句为人传诵，宇文所安先生在《追忆》一书中认为这句话代表了中国文人对传统的信念，其中"记忆"扮演了关键的角色。当然是指文学经典而言，否则谈不上传承的意义。我对于自己所写的不存奢望，许多属于时过境迁的东西，但是古人说"慎终追远"，纪念往圣前贤是中国人的传统，为的是尊重生命，为现世与将来的福祇祈愿。诉诸文字的纪念固然具有某种仪式的意义，正所谓"祭如在，祭神如神在"，借一瓣馨香以通灵，也即"精魂永在，储于我心影"的意思。

从前写《兰亭序》，练字而已。现在年越长，越觉得它像一篇悼文，时代的隐痛渗透到生命之中，方能领悟生死，珍惜当下。至此不禁悲从中来，恕我一吐为快。去年，这场瘟疫之前我已痛失两位——二月里我的大哥，八月里我的好友孙绍谊兄，先后离世。一样的病，都是早年埋下的病根，再三辗转于同样的两家医院，老天难回，悲夫痛哉！在病床边，大哥说了几句只有我能明白的话，无非伤心话，我只握着他的手，千言万语饮恨喉间，诉不尽风雨手足情。与绍谊兄的相识是上世纪末在夏威夷的亚洲年会上。君子之交难得是相知，近些年我回到上海，他执教于上海戏剧学校，来往愈多，好像我们还在一起畅游西湖，一壶浓茶正在慢慢泡开，却走了，六十岁还没到。

疫情尚未结束，生意已在蠢蠢欲动。一二个月里与朋友们约了数次饭局。去年我问吴格是否认识张荣明，几十年没见了，我俩都是在二十世纪八十年代认识叶笑雪先生的。吴格说认得，就爽然定了见面的日子，因为疫情拖了半年多。上月里我们终于聚首，叙旧也怀旧，我与荣明回忆曾去虹桥拜访叶先生，那一带还荒凉得很，叶先生住在一间茅屋中，与他女儿做饭招待我们，面盆里煮了许多鱼。另一次饭约是与几位出版人一起，谈起昌平兄。又一次是与上戏的朋友们，自然谈到绍谊兄。又一次跟我的中学里同学嵇幼霖，暌违半个多世纪了，说起我们当年做过的捣蛋事，笑得像昨天一样开心。他还能记得全班谁是第几号，坐在第几排，我旁边坐的女生叫什么。我跟安老师学英文，就是他的姐姐介绍的。说起我常陪安老师喝酒，阿月头做的红烧肉。我问他能否联系上阿月头，想知道安老师葬在哪里，几时可以去他的坟头烧一炷香。他看着我，又避开我的目光，然后说阿月头前几年已经故世了。

这次疫情如此凶猛，一下子我们与死亡靠得这么近。而饭桌上谈笑风生，大家仿佛从压抑中解脱出来，享受舌尖之美与生之欢快。说奇怪也不奇怪，都是相熟的朋友，会聊起相熟的逝者，当然聊得更多的是生活中的现实，其严峻的程度不亚于疫情。在对逝者的钦佩与揄扬之中分享着友情与诚信，对工作的热情与理想的追求，其实在分享着价值的认同，无非是希望现世的安稳与美好。当大家谈起逝者是那么自然，他们的音容笑貌宛如眼前，其实生死之间仅一板之隔，他们好像就在近旁，虽然已经离开了我们。

一天手机电话铃响，一时没接听就挂断了，屏幕上显示“大哥”两字。瞬间里我头皮发麻，事后知道是嫂子打来的。我不信鬼神，却突发奇想，或许大哥真的会从另一个世界来电，那我们能聊聊人鬼世界，岂不有趣？这臆想可笑，不过怎么说呢？有人说我们已进入“后人类”时代，新媒体、互联网改变了我们的思维模式与日常生活习惯，关于人工智能时代必然来临的预言不绝于耳。简言之，我们生活在真实与虚拟的世界中。有趣的是，或许是看多了魔幻小说和电影，我在一首诗里描写某天在衡山路上“蒲吧”，接到我妈从阴间发来的微信，叫我提防一起喝酒的人是个骗子。当然这是文学虚构，但对我来说首先得意识到生活在这样一个世界里，否则谈不上明辨是非真假。就像对待这次新冠病毒，如张文宏医生所告诫的，要做好与病毒长期共存的心理准备。

看到绍谊仍在我们的朋友圈里，不免会产生一种魔幻之感，油然想起他所研究后人类理论的专著以及他所组织的世界后人类电影研讨会，而翻看我们之间的私信记录，往事历历在目。令人难忘的是绍谊好酒好客，逢年过节会邀请他的同事、朋友与学生在他家聚会，拿出从美国加州带回的上好红酒，而他自己则因病不能喝酒，见大家尽兴而高兴。我也会在微信朋友圈里发文晒图。一次是在他家吃蟹，另一次是2017年年末石川兄邀请绍谊与我去南京艺术学院观赏他从日本携回的民国电影《风雨之夜》。我们游览南京故城，在城头上绍谊看见地上一根竹竿，两头系着大红灯笼，他举起竹竿豪爽大笑。我把这张照片发在朋友圈里，并作打油诗曰：

蟹友笑趴金陵城，横扫灯笼堪称霸。
倦游穿越后人类，返来兰邬孵豆芽。

诗后附几句说明："吾等一行畅游金陵城头，曾于孙府吃蟹，属趴行'蟹友'也。绍谊举灯笼，霸气四溢，一如其新著横扫二十一世纪'后人类'电影理论。末句谓绍谊年年蹲点好莱坞，占卜奥斯卡奖项十不离九，若有神助。"

两年之后绍谊离开了我们，他的生命却永久定格在美好的瞬间，给我们留下久久难以平复的回忆。

由于谭徐锋兄与浙江古籍出版社的支持，使这本书能够与大家见面，在此谨致以由衷的感谢！

陈建华

2020年7月2日于上海兴国大厦寓所

学而不厌圣垂训——忆刘季高先生

今年四月间接尚君兄电子函，说准备为已故刘季高先生编一纪念文集，并传来一附档说：“附件中是刘季高先生家人最近整理的他的诗稿，其中颇有与你来往者。”打开诗稿，见到三首给我的诗，眼前即浮现刘老对我的关爱和鼓励，毕生难忘。其实刘先生给过几首诗，另有未见于诗稿的。所喜者仍能找到他的三封诗邮，都是我在美国时寄我的。这些年来数度搬迁，尤其是2002年自美国移食于香港，书籍、信件及照片等散失不少，但这三封信是刘先生的诗，也是他的书法，是我十分宝爱而一向随带身边的。

刘先生和我可说有一种缘分。1979年我以同等学力考上复旦中文系研究生，原先报考的是刘先生的唐宋文学专业，但只有一个名额，结果取了陈祖言兄（现在美国纽约州立大学宾汉顿分校执教），而万幸的是我仍被录取，转由赵景深、章培恒两位老师合带，学习元明清文学专业。

第一次怎么见刘先生的，好像是进研究院第二年祖言兄带我去拜年。此后给刘先生拜年成了我的惯例，虽然未成为他的学生，但他对我不倦教诲，一如他的学生。对我来说，每次见到他总有一种春风温煦之感。对于我能有幸追随赵老师、章老师学习，他非常高兴，说虽以元明清文学为专业，但中国文学源远流长，不要疏忽了前代的文学；又说做人、做学问都要出之以诚，方对得起自己。

刘先生话不多，很少谈他自己，偶尔谈到过去的年代，片言只语中可以感受到他对于蔑视知识尊严的“四人帮”深恶痛绝。他关心国事，有一种以天下为己任的儒者气度。他也不夸言自己的学问，但提起某一篇诗某一篇文，无论是《诗经》《左传》、唐诗或清代散文，都如数家珍，有他独特的见解。如果提及系里的老师，都褒扬有加，对朱东润、赵景深等老先生特别尊重，也跟我说起章先生曾受政治打压而发奋学问的事，眼中闪现出光芒。刘老说话慢条斯理，音调顿挫，给人感受到一种正气、一种传统的内涵。他那种纯粹的风怀令人肃然起敬，却不古板，富于人情味。1984 年我要报考赵老师、章老师的博士生，请刘老写一封推荐信，他欣然应允，写了半页纸，每个字端端正正，铜筋铁钩中带有婉媚之姿，一如其习二爨的魏碑书法风格。信中的美言奖词我记不起来，只记得说我“精力过人”，这样的评语是很感性、个人的。我现在有这样的经验，如果要着力推荐一个学生，就需要某种表达，来说明与被推荐学生的熟悉程度，比一般的泛泛之语要着力得多。

1988 年冬我去美国，临行匆匆，未能与刘先生道别。到了美国后给他写了一封信，很快收到了回信。令我意外的是信中是他的一首赠诗，亲笔写在约四尺长、一尺半宽的宣纸上，装在一个塑料套里。诗云：

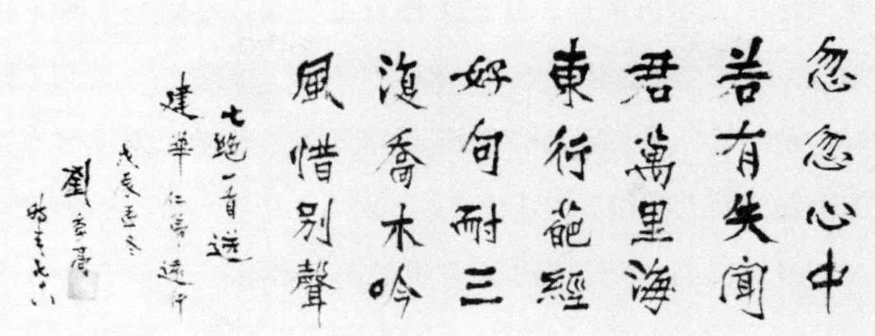

刘先生亲笔诗

忽忽心中若有失，闻君万里海东行。

葩经好句耐三复，乔木吟风惜别声。

诗后云：“七绝一首送建华仁弟远行，戊辰孟冬，刘季高，时年七十六。”赠我以这样的诗和字，对我来说很不寻常，而“忽忽心中若有失”，读来有种伤感。另有一纸，钢笔直行手书于一张文稿纸背后，开首“建华同学、卫星女士俪鉴”，最后“内人附祝新年快乐！万事如意！”我想这是很特别的，对我、对我的家人更表示一种温馨和关爱。

的确，刘先生不光关心着我的学业，也关心着我的生活。1981 年我结婚之后，每次去看他，总带着内子，看得出刘先生和师母对我们有一种喜欢，视如家人般的喜欢。记得师母总会嘱人煮了汤圆，给我们吃。师母患有高血压，刘先生对她照顾备至，那种鹣鲽情深的情景，使我们感动。我的赴美，是在与汪卫星分隔了一年有半之后，她先去美国学画的。因此在这封信里说：“绝句一首，本拟面交，今附上。山翁情怀，具于二十八字中，不再琐琐。此祝著作日富！画运昌隆！”对于我的远行，字句之中，语短意长，似有一种复杂的感情。诗句“葩经好句耐三复，乔木吟风惜别声”，希望我在学业上继续努力，也鼓励我们两人都能取得成绩。

1991 年 2 月收到刘先生信，也是亲书赠诗：

学而不厌圣垂训，伫看高楼步步登。
雏凤音宏过老凤，兰堂况有管夫人。

诗后小字云：“辛未十一月下旬接建华仁弟云笺、贺年片、照片具悉，三喜临门，喜赋一绝申贺。京口墅叟刘季高，时年八十一。”这是写在尺半见方的宣纸上，然而这封信里另有一纸，同样大小，上有两首诗：

金红灿烂贺年片，博引旁征述古篇。
一出明珠客按剑，梦惊刘海送金蟾。

诗后云：“庚午仲冬，建华仁弟寄来贺年片及近作一篇，寒窗展读，欣然命笔，以一绝相酬。意犹未尽，再续八句，年老话多，聊以见意云尔。”第二诗云：

陈家伉俪世无双，妇工绘事夫文章。
生儿慧猛气飞扬，读书上口便朗朗。
天伦之乐人共羡，海天万里金山旁。

登楼东望云茫茫，举杯遥祝安而康。

自赴美之后已经两年多了，其时我仍在加州大学伯克利分校做访问学者。春节将近，像以往一样，我寄与刘先生贺年片，这次还有照片，另有一篇在台湾大学《中外文学》杂志上发表的关于黄遵宪的文章。其实惭愧得很，从学业上说谈不上什么成绩，但刘先生的深情寄语，大约是见到我仍在努力，似足慰其老怀。刘老也尤其看重家庭伦理，大概从我的信中得知内子已经学画毕业，犬子也在上学，所以在诗中表达了他的欣喜之情。

读着“学而不厌圣垂训，伫看高楼步步登”，我感到分量。刘先生谆谆嘱咐之际，并没对我失望，他的“伫看”，使我惶恐莫名，也给我带来富于新机的精神动力。刘老的“伫看”是温馨、厚重的，正如他的书法，高古遒劲，龙蛇盘舞，如楷的行书中忽杂以草书，顿现灵动之姿。看着这两幅字，如睹刘老，在八十一岁的高龄，还能作如此的诗和字，也让我为他欣喜，为他祝愿。

1994 年春节收到刘先生的信，又赐我墨宝，诗曰：

天涯又上一层楼，群籍英华眼底收。
妙笔夫人师造化，携雏鸾凤与天游。

按语：“接建华贤弟贺年片，及述近况一纸，甲戌暮春，山翁，时年八十四。”书写的诗句字字二寸见方，更增一份苍劲。刘老仍然对我黾勉有加，仍在给我打气。他知道我在 1991 年秋进了加州大学洛杉矶分校，后来1994年秋又到哈佛大学读博士，所谓“天涯又上一层楼”，就我转辗就学于海外高等学府而言，攀登“天国的阶梯”也可谓辛劳也已。

1998年夏我回国探亲，去看刘先生。那个下午再次走进西康路356号，走上三楼，一切仍像十年前一样。刘老精神依旧，相见的喜悦尽在不言中。人事沧桑，世道突变，他淡定若昔，只是说他年事已高，不如往常读书写字了。临别之际，不禁怅然，咫尺万里，若有所失，我从三楼走下，一级一级的扶梯，好像很长很长。

2002年夏我到香港教书，想起刘老，心中忽忽，总想能再见到他，竟未能如愿。刘老高寿，不应有悲，而他对我的一份深情厚谊，在我心中永存。竟此短文，难表心意，口占数句作结：

刘老安魂，高古垂则；
小子黾勉，毋坠圣训。

2008年8月15日

（原刊《刘季高文存》，上海古籍出版社，2009年）

附记

四海游移，数次搬迁，常常失落物件，仍有几个纸袋和夹子装着亲眷师友的信件。一天偶然翻检，不意两封信映入眼帘，心头顿时颤动。1984年赵景深先生与章培恒先生合招博士生，请顾易生先生与刘季高先生分别为我写推荐信。我在上文说具体记不起信中的内容，原来推荐信归我保存着。刘先生写道：

> 陈建华同志，敏而好学，精力过人。在长期体力劳动中，能刻苦钻研，不仅在古典文学方面打下良好基础，而且自学数种外语。其勇猛精进之精神，洵堪嘉尚。一九七九年被录取为复旦大学研究生，专业是中国古典文学（元明清文学）。三年肄业期间，在赵景深、章培恒两位导师的悉心指导下，该生努力学习马列主义，各门功课成绩均属优良，其毕业论文体现了相当高的学术水平，获得答辩委员会的一致好评。该生品学兼优，具有较高的理论水平与科研能力。鉴于他有志于整理祖国文化遗产的事业，我乐于推荐他投考博士研究生。
>
> 复旦大学中文系　教授
>
> 刘季高　84.6.25

推荐书

陳建华同志，敏而好学，精力过人，在長期体力勞动中，能刻苦鑽研，不仅在古典文学方面打下良好基礎，而且自学数種外语，其勇猛精進之精神，洵堪嘉尚，一九七九年被录取为复旦大学研究生，专业是中国古典文学（元明清文学）。三年肄業期间，在趙景深、章培恒两位教授的悉心指導下，该生努力学习馬列主义，各门功课成绩均为优良，其畢业论文体現了相当高的学术水平，獲得答辩委員会的一致好评。该生品学兼优，具有较高的理论水平与科研能力，鉴於他有志於整理祖国文化遗產的事业，我樂於推荐他投考博士研究生。

复旦大学 中文系 教授

劉季高 84.6.25.

刘先生推荐信

这封信写在一张六十四开的活页纸上，字略大于红豆，一点一画如他的魏碑书风，精神弥满，浸透着他对我的爱护与支持，如一件艺术品。那天我去刘先生家里取信，他赠我一套他点校的《方苞集》。于今三十五年弹指过，重睹先生手书，五内感恩，一副躯壳被字字筋骨撑起，当风雨兼程，无稍自堕……

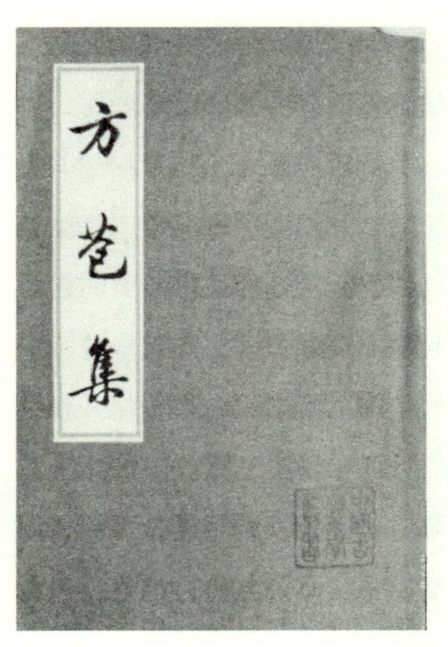

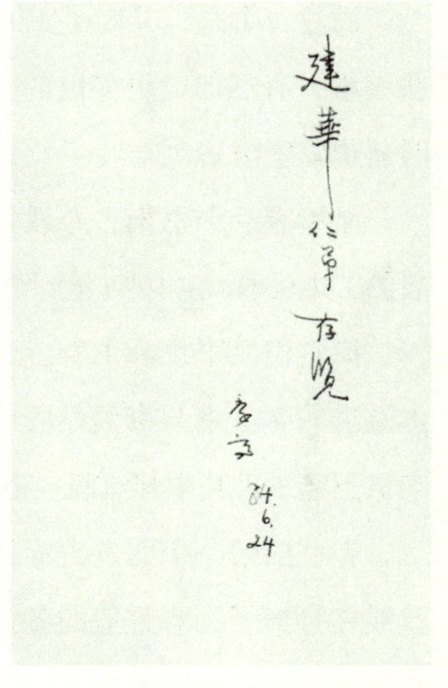

《方苞集》与刘先生题赠手迹

历史背面的断忆——悼念贾植芳先生

那个晚上打电话给祝克懿老师，想和她商量关于学校之间建立教育合作的事，回话说：祝老师去医院了，贾植芳先生病危。

好久没再打过去，守着静默。

几天之后看到《南方周末》刊登的悼念“硬骨头”贾先生的文章，我对自己说：“又走了一位。”声音轻到自己也没听见。

没过一个月，又走了王元化先生。2008这一年里发生了好些大事，有红的，更多白的，脑际不断盘缠“命运”两字，一时还难以领悟其含义。

屋里有一个书架，专放师长朋友们的赠书。取出贾先生给我的，共六本，在1996年到2002年之间，先生的题签历历在目。

摸它们的书皮和书脊，竖起来，一本挨着一本；横放，一本叠着一本。书与书紧贴着，但中间隔着时间，像记忆一样，连贯不起来，其中却流淌一道清澈之泉，像一根蓝色的线。

有一回陪一个朋友去赤柱游览，一个女孩手制工艺品，用丝线在打辫子，彩虹般的各色交织中，有一条蓝色的线，引起我注视，好似五味杂陈的人生之中，有了天，有了海。

1996年秋，师妹谈蓓芳来哈佛访学，给我带来贾先生《狱里狱外》一书，转话说，贾先生得知我在哈佛跟李欧梵先生读书，很高兴。想不起当时是怎么反应的，大概是诺诺而已。可能是我木讷的积习所致，内心却搅动得厉害。

去国已八年了，游荡了数年之后，又回到学院之中。先是去了洛杉矶加大，只知道那里有李欧梵。得知我来自复旦，说他认得贾先生。又知我是古典文学的博士，他另眼相看，又于心不忍，说不如继续专攻古典，对我的前途更为有利。当时面临一个选择，如果留在加大，就会跟艾尔曼先生从事明清思想史的研究，然而抵不住“现代”的诱惑，还是跟李先生去了哈佛。还有个实际的想法，不管怎样，哈佛给两年的全额奖学金，至少可以不必教中文了。

在哈佛岁月悠哉，出了校门，便是哈佛广场。三日两头去那里，逛书店，然后坐着喝咖啡，看书。一连几天包包里带着《狱里狱外》，读着读着，腰板直了起来。翻开第一页，贾先生谆谆寄语：“我在这个世界的追求、爱憎、信念以及种种个人遭遇，都可以作为历史的见证，为青年和后代提供一些比正史、官书更加丰富和实在的东西。”

历史拉近了，心情沉重起来。从包里取出另一本书，詹明信的《语言的牢房》，赶紧读，课上要讨论的。书里讲20世纪的西方“语言转折”，从结构主义到形式主义，读得一头雾水。

放下书，向天空寻思，从一个牢狱到另一个牢狱，一个是真实的，一个是巧妙而无奈的譬喻，时空的界线模糊了，交融为一体。语言的牢笼里，行动的主体在悲泣，而故土的过去却远为真切实在，铁窗里壮士在击筑歌吟。

我起立，惊起桌上的两只鸽子。正是诗歌节，某个诗社在广场上竖起一块沙面玻璃板，谁都可以留诗，谁都可以擦去。

我留了两句：

> 一个孩子奔向坠落的风筝
> 线攥在手里

有时和小谈在哈佛广场喝咖啡，听她娓娓道来复旦的人和事。她给了我一本她翻译的《尼采传》，令我惊喜。24万字的译文，文笔铿锵流畅，赞叹之余，不禁好奇：专业于古典文学，为何在外语上下如此苦功？对尼采情有独钟？正如她在《后记》中说的，此书是贾先生推荐的，且在翻译过程中得到他的悉心教示。也如章培恒老师激情洋溢的序言所示，尼采的"个人主义"经由王国维、鲁迅的承传，在中国现代精神的形塑中扮演了举足轻重的角色。章先生说尼采"所宣扬的是一种进攻型的个人主义，却又伴随着深沉的悲剧精神，这就更能引起当时那些处于孤军作战的困境，却仍坚持着绝望的抗争的中国先进文化人的共鸣"。这"共鸣"，我想，也为贾先生的推荐此书，等于下了一个脚注。

我在复旦读书时，时常听章先生提到贾先生。他们同属"胡风集团"，数十年里风风雨雨，相濡以沫，这为人熟知。在我的理解中，他们分享着一种宽广博大的人文精神，在急切呼唤姗姗乍到的中国现代性之时，带有某种洞达历史的悲怀。

我缅怀在复旦的日子。那时在古籍所里，人人是酒仙。有一回在贾先生家里吃饭，所里一些学生都去了。章先生带过来不少酒，当时号称有十三大名酒，好像就差一种，全都齐了。

贾先生兴致很高，杯酒在手，说起金圣叹，临刑时砍头落地，耳朵里滚出两颗小纸团。捻开一个纸团，上面写“砍头真痛”，另一个写道：“喝酒有花生米、豆腐干，味道绝佳。”

在大洋彼岸，世纪末风气的课堂里，我们被罗兰巴特宠坏了，沉迷于文本的欲仙欲死，教授们花拳绣腿地大要理论修辞，不乏情色的隐喻。

目睹《狱里狱外》，油然生一种自我揶揄之感。不过我相信，浸透着血与泪的文字，不会转换成比喻。

常常做梦，梦见从前的街景，在晨雾里赶搭厂车，总是好像上班迟到的恐惧，被巨掌猛击的恐惧。

1997 年吴格兄也来哈佛访问，对我说，贾先生看到我和李欧梵先生的访谈录，颇加奖誉，并和出版社联系，希望在大陆出版。

李先生提起贾先生，说他当初研究鲁迅的时候，去上海拜见贾先生，怀着一份朝圣的虔诚。

吴格对我寄予厚望，希望我学有所用，回馈家乡，先赐我一个“文化大使”的衔头。我揉揉眼皮，眨眼朝他看，他像是“红色交通员”，给我传达了指令。

第二年回国，在外一晃十年了。吴格带我去见各路好汉，古籍出版社的赵昌平、文艺社的陈征。他们伸出手，像伸向一条浮出水面的沉船。果不其然的，我也逼得交了卷，不久，在他们的关照下，《“革命”的现代性》和《去年夏天在纽约》相继见了世。

在复旦的寓所里见到了贾先生，6 月的汗暑顿消。

1998年6月在贾植芳先生家中

那次回上海，只觉得城市在巨变，天天换脸。走在街上，各种撞击声从四周发出，擂鼓般扑面而来。只觉得人气比天气热，到处是建筑工地、钢架、憧憬和喧嚣。

跟我的记忆里没什么变化，贾先生精神奕奕，问我在美国的学习和生活，问起李先生。我问东道西，他顺着思绪侃侃而谈，带着山西口音，就像对一个文学青年，或日常来往的学生，聊及时事或文学掌故，时时夹杂诙谐，发出爽笑。

贾先生坐在面前，和蔼而淡定。抿紧的嘴唇凝聚着忧愤和坚毅，当眼角向魍魉投出鄙夷的一瞥时，他的唇角微扬，尘世的荣辱随之抖落，他抽烟的姿势和常人不一样，用拇指和食指握住纸烟的一端，一支接一支的样子，令我想起“文化大革命”中抽八分钱一包的“生产”牌。

他送我一本《暮年杂笔》，书中收入他近数年写的文章，回忆故人旧事，无不有关文坛沧桑，也有许多为推奖同道或学生而写的序言。在《前记》里贾先生自嘲倚“老”卖老，成了“写序专业户”。

年过八十，抽得动烟，写得动文章，能为“人瑞”亦为“文瑞”，天若有幸焉。作为一个屡戒屡不爽的烟民，我开玩笑说（“环保不正确”不足为训），假如有一天我不吸烟，倒不是戒了，是因为身体有病，吸不动了。

《历史的背面》这本书赠我于1999年，记不清是谁给我带来的。我即刻给书名抓住，仿佛看见在牢狱之上撑起了灰色的天幕，想起一年前见到贾先生而顿生的凉爽。并非躲避历史的正视，先生在扳动历史，使它转过身来，让文化别开生面。

“历史无情而有情”，贾先生在《代序》中写道。从屈原、司马迁、曹雪芹到鲁迅，文学的精神长存，经劫难而弥鲜；有多少叱咤风云的政治枭雄，到头来落戟沉沙，灰飞烟灭。

对于“历史的背面”的体认，有谁比得上一个四进四出牢门、青春被黑暗和血腥所淹没的人？面对政治和命运的播弄，换来一份淡定，不悲观，也不高调乐观，对生活仍抱着如此热爱，对文学仍怀着如此执着。

2000年夏，陈思和教授来到哈佛，我们谈起周瘦鹃。他对“鸳鸯蝴蝶”文学的关注，多少使我惊讶，其实是我的寡见。他早已在“历史的背面”工作，从策划“火凤凰”丛书到主编“潜在写作”，即为显例。

在哈佛上李先生的课，讲现代文学他不按牌理，开了一门新课，主题是从晚清到民国时期的报纸期刊、印刷文化与公共空间的关系。学期论文我做的是周瘦鹃主编的《半月》杂志，李先生的批阅评语说，可把周瘦鹃作为博士论文的题目。从此我像庄生一样，在梦里不觉化身为蝴蝶。

李先生叫我不要放弃古典文学，又说研究“鸳蝴派”对我也合适。想来惭愧，他说他原先是学历史的，研究现代是“半路出家”，而我跟他学现代文学，却绕过“五四”，更是偏锋了。

“偏锋”投李先生所好，也是一种文化取向了。在课上他自称为“边缘者”，正在足之蹈之地从事“上海摩登”的研究，始料不及的是此书后来在大陆几乎成为时尚启蒙读物，这一点他自觉很有反讽的意味。

“历史的背面”何止在中国。哈佛校园里有一批教授，像李先生一样，大多来自第二、第三世界，对西方主流文化取“边缘”姿态。我喜欢的一位是非裔教授亨利·盖茨。他在《松弛的典律》一书中声称他“对于学术的热情首先在于发现和编辑‘遗失’的被忽视的文本——应当发觉自己为那些问题所左右。”

2000 年 6 月，我有幸参加在苏州大学范伯群先生主持的近现代通俗文学国际会议，宣读了周瘦鹃与“紫罗兰”的论文。那真是一次盛会，章先生、李先生都在，还有钱谷融、严家炎、吴福辉、王德威、叶凯蒂等海内外数十位学者。

贾先生作了《为文学史找回另一只翅膀》的发言。在会上发布了范伯群先生主编的《近现代中国通俗文学史》，上下两厚册，是范先生和他的团队十余年的努力成果。从贾先生的序言《反思的历史，历史的反思》中看出，其实他一直在支持和鼓励，不啻是这一研究项目的“灵魂”。

此时贾先生八十五岁。有些事稍细想一下，便令人震动。

这次会对于“重写文学史”来说，颇具象征的意义，也是历史反思、心灵自由的盛宴。看到大家聚集一堂，超越了雅俗之间的隔阂，共同扛起“历史的背面”，进行着为后代铺路垫石的思想工程，贾先生应当为之感到欣慰。

7 月里我又见了贾先生，他赠我两本书：《解冻时节》和《写给学生》。前者记录了他和妻子任敏的风雨同舟的深情，后者是一本可爱的小书，是他和学生们亦师亦友的写照。

后来在 2002 年夏，我最后一次在复旦寓所看贾先生时，他送我一本《贾植芳致胡风书札》，线装书版式，王元化先生题的字。

这六本书多少反映了贾先生晚年的精神之旅，它们带给我、

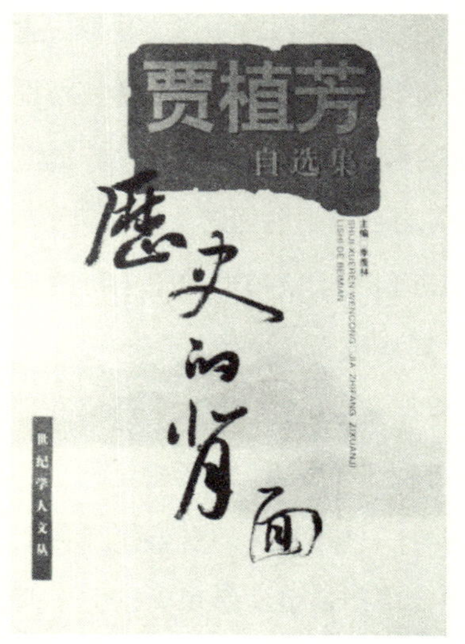

《历史的背面》与贾先生题赠手迹

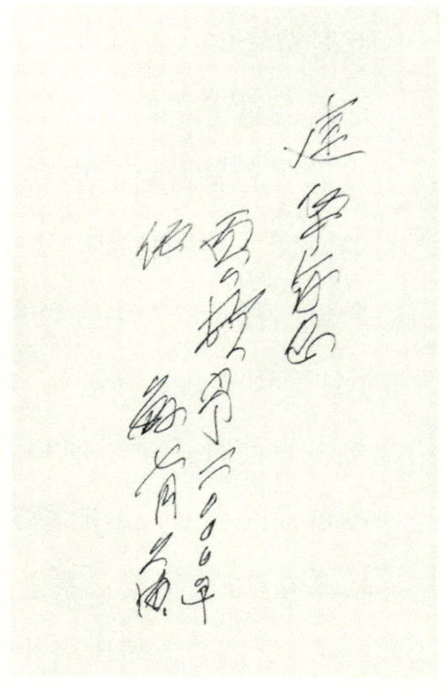

《解冻时节》与贾先生题赠手迹

还会带给我许多启示和勇气。

历遭劫难，童心如初。贾先生只是一颗平常心，充盈着温馨和睿智。

贾先生没走，伫立在历史的灰色里，只见他渐渐消失的背影里，转过头来点燃了一支烟，蓝幽幽的火苗映红他握着烟端的拇指和食指。

2009 年 3 月 30 日于香江

（原刊《随笔》，2009 年第 4 期）

文学人性的世界视境——章培恒先生周年追思

一

培恒师走了近一年，总想写些文字，却没动笔。先生不喜欢通常的纪念，在我也似乎成了个借口，喉间却鲠着。仍记得去年6月6日半夜，其实是凌晨了，突然醒过来，一时难以睡着，于是起来，坐在椅子上抽烟，又抽了一支，脑子依旧空荡。第二天起来打开Email，见到陈正宏兄发来的电邮："章先生于今天（7日）凌晨0点22分在华山医院去世。"收到的时间是6点05分。

说不上异度空间的感应，先生不信鬼。只是记忆漂浮在脑海里，愈益清晰。

2008年年底，章先生让我去复旦做一个讲座。大约知道我在《七十年代》那本书里写了文章，要我讲讲中国二十世纪七十年代以来的诗歌发展。12月19日第一场报告，先生主持始终近两小时，古籍所同仁皆喜悦说先生因为病足，好久没出来了。我深受感动，方觉自己讲得太多，应该早点让他休息的。在复旦住了十多天，临走前在先生家里吃饭，像从前那样，他谈兴甚高，讲往事掌故，无非学问，只是要把一只腿向上翘起，搁在软垫上。

去年年头我在台湾，给先生拨了电话，竟然接通了。似乎好久了他常在医院，即使在家也得遵医嘱不见客。我高兴而语塞，说您接了电话了。他说因为是你。我又说今天是您的生日，相信您一定会好的。我再想说句坚持的话，而他的语音微弱，似不如前。春节时又和他通了次话，语音依然微弱，说如果你见到我，认不出我了。不由我心头一沉。

噩讯传来，仍觉得难以接受。先生毕竟走得太早。他是硬气的，年来转辗于医院病榻，一定要医生据实告诉他的病情，也始终相信自己能挺过去，但病魔将他的生命消损殆尽。

在头七的几天里，我在古籍所写了不少字，给一些学生的条幅上总是这十六个字“追求真理，锲而不舍；纵罹困厄，毋变初衷”——先生当初给七九级同学的题词。

二

记忆之链有不少断裂，有些东西错过了再也焊接不上。前几天读到《文汇报》上吴盛青的悼念章师之文，忆及一班青年才俊在章府席地而坐，清谈至曙的情景。整个二十世纪九十年代我在海外，对于她所说的许多事情心驰神往，却知道自己错失了好多。比方说先生善酒，进古籍所先要成为酒仙，一直传为美谈。有一回在贾植芳先生家里，从先生那里搬来九大名酒的一段传奇，我听得多了，当时的情景愈加生动起来。有人说我也在，我想想自己真的也在。到底是自己记忆模糊，有时也闹不清；那是一份集体记忆，错失了便徒生遗憾。

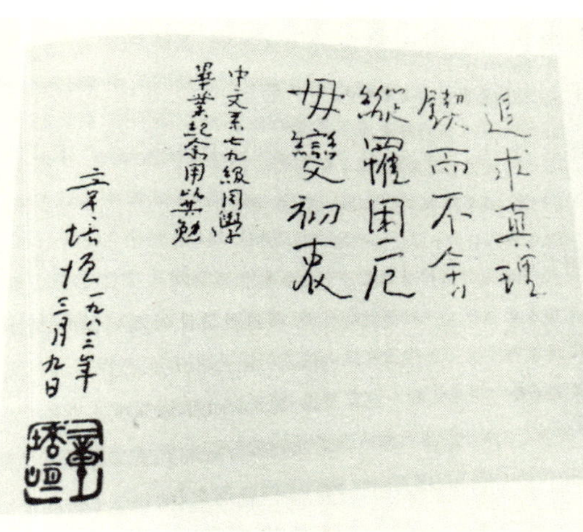

章先生为复旦中文系七九级题词

这也是我在读这部《不京不海集》的时候所生的喟叹。这部文集为章先生生前编定，收入论文四十余篇，无论考证、专论或理论阐述，曾对学界产生过不同程度的影响，与《中国文学史新著》（与骆玉明合编）互相比照，对于了解先生的学术其重要性不言而喻。书中一半以上论古典文学，那些属小说考证的曾收入《献疑集》，1997 年谈蓓芳来哈佛燕京做访问学者时，先生托她带了一本给我，可说是熟悉的。但不少文章发表于二十世纪九十年代，有些就不曾读到过。此集在 2004 年出了校样，先生还要修改，因此一直搁着。这次复旦出版社打算在周年纪念之际出版，古籍所同门委我写个介绍，自思忝为章门大弟子，惭愧之余，也爽然应承。尽管在八十年代后期，我曾写过一篇关于先生与古典文学研究的文章，发表在《复旦学报》上，但这次阅读，自然另有一番心境与收获。

《不京不海集》在学界已有传闻，但之所以迟迟不忍付梓，据吴冠文的“后记”，一个重要原因是先生要为一些文章增补“附记”，说明当初写作或发表的具体背景，也涉及师友往事方面的“感慨之情”。如《金圣叹的文学批评》一文发表于 1963 年，是文集中写作时间最早的一篇，而文末“附言”则署 2011 年 2 月 25 日，是根据先生在华山医院病床上的口述记录，言及一个细节，即在原稿中运用了胡风的带有“唯心”观点的“突入说”来分析金圣叹的文学批评，这些话被刘大杰先生改去了，这出自对于当时动辄遭到“批判”的政治环境的顾虑，不难理解。章先生开始是一个少年布尔什维克，信仰共产主义。1950 年代初跟随贾植芳先生学习马克思主义与现代文学，后来在所谓“胡风反革命集团”的政治运动中受到株连，被开除党籍，1956年开始师从蒋天枢先生而钻研古典文学。由这条附记提示，先生的文学批评是受了胡风的影响的，并且将之运用在古典文学研究中。值得注意的是，二十世纪六十年代初思想领域仍然禁锢，先生不随波逐流，即使受到打击之后，不改变自己的思想。

不知章先生是否在其他地方谈过他与胡风的思想联系，而这个“附记”意味深长。最近在《书屋》上看到周言的文章，引用陈思和关于现代文学中从鲁迅到胡风再到贾植芳的传统的说法，认为在复旦的古典文学方面则有从陈寅恪到蒋天枢再到章培恒的传统。这么说没错，但在章先生那里可明显看到从鲁迅到胡风再到贾植芳的传统。对于胡风的研究已经不少，就我所见，北美学者 Kirk Denton 的 *The problematic of Self in Modern Chinese Literature* 一书，认为胡风的文学思想糅合了浪漫主义的主观主义与旨在反映社会历史的现实主义，强调文学创造过程中作家自我与外部世界的统一，体现了个人主义与启蒙救国之间的互动而又独立于两者，那是一种更为复杂的中国文学现代性的模式。另外李辉的《历史悲歌》一书对于胡风集团的冤案始末的叙述令人动容而富于启示。书中概括谈到“胡风在探讨现实主义理论时，强调艺术创作是特殊精神活动，作家在反映生活时，必须重视感性对象，重视自己情感也即主观的介入”。

在章先生的文学史论述中，与胡风文学思想颇多共鸣，而对作家“主观”的肯定却体现为一种更为犀利的表述。如《关于魏晋南北朝文学的评价》一文中说：“文学创作首先不是为了满足社会的需要——政治、教化的需要，而是为了满足自己，获得心灵上的快感。”该文发表于1987年，重写文学定义可说是一语了断，振聋发聩。这不仅针对以往文学史的成见，也含有“拨乱反正”的文化政治在，让人感受到新时代的脉动与呼唤。古往今来的艺术作品说明，现实生活无不透过作家的感受和认识，而令人感动的作品无不源自作家的激情与美的形式的表现。然而把作家主观精神置于首位，并非主张脱离社会现实，章先生进一步阐述：“即使作品所写的是社会生活中很重要的矛盾斗争，但如果其中没有真实的人的思想感情，绝不能算是对社会生活的正确、深刻的反映。”

从根本上说，章先生的文学史研究以“人性”为核心概念，以马克思主义与鲁迅的理论为基础。1988年先生又发表《再论魏晋南北朝文学的评价问题》，阐述其人性文学的理论来源。这并非为了论战而把马克思主义抬出来，事实上在展示他对经典理论的素养时，更表明其对革命“初衷”的坚持。《共产党宣言》中说“每个人的自由发展是一切人的自由发展的条件”，这不仅指超越了阶级社会的未来愿景，对于先生而言也意味着文学的终极使命及历史批判的准则。《鲁迅的前期和后期》一文也昭示了“人性”主张的另一思想来源。在其早期著作《文化偏至论》中，鲁迅便倡言“张大个人之人格”并视之为“人生之第一义”。所谓“人性的解放”是后期鲁迅的认识，面对愈加险恶的政治与文化环境向“愚民的专制”宣战，在接受了马克思主义之后，认识到“经过无产阶级革命而达到的无阶级社会就是人性解放的社会”。因此章先生认为“人性的解放”比“改造国民性”更具深广的含义，更能概括鲁迅一生的革命精神。

文学作为语言的象征系统与文化产品，主要任务在于表现那种“个人”的情感世界，章先生又引证了马、恩在《神圣家族》中的话：“既然人是从感性世界中的经验中汲取自己的一切知识、感觉等等，那就必须这样安排周围的世界，使人在其中能认识和领会真正合乎人性的东西，使他能认识到自己是人。”根据这一“人性”的理论，章先生说“自然离不开个性、个人欲望与自我意识”时，不啻使自己的理论获得了一个坚实的基点，且经过一番咀嚼而熔铸成自己的语汇，运用于文学史批评中，“个人”“个性”“自我意识”“主观”等已成为一套互为关联的具系统性的批评概念，围绕着“人性”如众星拱月，放射其璀璨。

《从〈诗经〉〈楚辞〉看我国南北文学的差别》一文追溯中国文学之源，以“群体与个人的关系问题”为主题讲《诗经》和《楚辞》作比较。如《山鬼》中属于鬼神的女性，不惮艰难，苦苦怀恋自己所爱的男子，“这是一种多么强烈、执着的爱！为了自己的爱，他对于自己的一切都毫不顾惜”。章先生笔底含着激动，进而评论：“而她之能够这样做的前提，就在于她的一切都属于自己；或者更确切地说，她没有意识到她的一切不属于自己。”这里对“自己”的一再强调，意味着爱无可理喻，仅对自己负责，也是一种宿命的选择。与《山鬼》比较，《诗经》中不乏描写爱情的渴望，即使像《将仲子》中的女子，在家庭与环境的压力下，要求她深爱的男子不要再来找她，章先生指出：“这是屈从于集体而牺牲个人的一个典型例子。”这篇论文远溯上古文学，确立“个人”作为文学发轫之初的主体，蕴含精神与情感的丰富层面及其巨大能量。尽管南北的文化土质及其导向各异，在儒家文化走向主流的过程中，“个体”在承受压抑中高扬起抗争的悲壮主调。

“自我”一词似包含“个性”“主观”的总和。“自我意识”启自魏晋时期“文学的自觉”，在帝制晚期迸放异彩。《明代的文学与哲学》一文声称：“在元末明初的文学作品里，对自我的肯定，或者说对束缚个性的反拨，达到了一个前所未有的高度。”杨维桢在《大人词》和《道人歌》两首诗里把自己描画成“有史以来的最伟大的人”，作为自我形象的文学表现，即使像高唱“王侯不能俦”的李白也难以比肩。同样高启在《青丘子歌》中也把自己看作宇宙的主宰，主观精神更凝聚在他作为“诗人的自我”的身份认同之中。这不能不令人惊奇，唐诗宋词的黄金时代之后，诗歌异军突起，在杨维桢、高启、唐寅等人那里，空前高扬的“自我”成为推进文学的动力。他们的“普通人”身份颇具“饥饿艺术家”的特征，不同程度与现存社会相疏离，除了受到时代的思想滋养之外，也与城市经济增长及愈益显出不竭活力的戏曲、小说的文学潮流息息相通。此后晚明文学以李贽、汤显祖、袁宏道等人为代表，标志着“自我意识”的历史性高涨，这为大家熟知了。

文学应当与政治疏离，文学史也与那种大话高调的“进步史观”绝缘。但章先生没有放弃“进步”的理想，以“人性”为主轴的文学史很大程度体现了民族追求自由、解放的心灵史。但是，有压迫才要求解放，有奴役才觉得自由的珍贵，作家的自由意味着挣脱束缚，对当权的抗争和传统的叛逆。恩格斯说：

“每一种新的进步都必然表现为对某一神圣事物的亵渎，表现为对陈旧的、日渐衰亡的、但为习惯所崇奉的秩序的叛逆。”这段话一向被引用，而在章先生看来，文学史所凸现的首先是有尊严、有灵魂的个体存在，尤其在与“群体”——受政治权力操控的充满世俗偏见的群体——的对抗之中凸现出来。在对屈原的论述中，那种基于个体的对抗精神被表达得凌厉而酣畅。屈原坚持自己的信念，对周遭毫不妥协。章先生显然受了鲁迅“狂”的人格的熏染，也缘自“任个人而排众数”的感召，这样形容屈原：“足见其对庸众的极度轻蔑！”同样《天问》中诗人对于尧、舜等圣贤提出“严厉的质问”，这“也就意味着：无论怎样的圣君贤臣，都不能成为不容怀疑的绝对权威”。在文学史上屈原一向被尊崇为“爱国诗人”，在章先生笔下则首先还原为受到政治、社会条件制约的“个人”。屈原是“爱国”的，爱得深而痴，但《离骚》这一“上下求索”的精神之旅表明，“爱国”若不以自尊自爱的个人为前提，其所爱之国只是个虚空的躯壳，当他发现君主朝臣及国人的所作所为与他所认知的真理、所崇尚的理想愈远，他毫不妥协、毫不退让，所谓“国无人莫我知兮，又何怀乎故都？”最终自投汨罗，死亡成为维护尊严与反抗权利的象征，由是证明“个体”的意义。

三

虽是论述古典文学，但字里行间充溢着现代意识、闪烁着一种世界主义的视境。2008 年 1 月谒见先生时，他给我一套新版的《中国文学史新著》。谈到文学史写作，他说："如果我们的社会走上了轨道，也就不需要这样的文学史了。"这话让我想了好久，或许在海外多呆了一阵，听惯了历史研究价值中立的说法，其实所谓"一切历史都是当代史"，要做到价值中立也是一个迷思，但在意识形态与真实之间仍有微妙的界线。章先生的文学史是有感而发，我想这不仅是先生惨痛的过去所致，也是"未完成现代性"的中国现实所决定的，问题是否有勇气、有能力来回应新时代的召唤，而这却根植于他的"追求真理"的"初衷"！使文学挣脱政治的压制与意识形态的牢笼而回归其自身，使人性回归到文学之中，让自我恢复其天真的本初与血肉之躯，发出如鲁迅所说的"敢说、敢笑、敢哭、敢怒、敢骂、敢打"的声音，其实是回到马克思的原典，也是一种世界主义的价值共享。如先生的文学史所展示，所谓人性的普世价值一直在传统文学长河中激扬着、挣扎着，也给文学现代性带来了拥抱的契机。的确他的文学史以"个人"为出发点，棱镜般闪烁着他的"自我"，负荷着他的历史反思与情感体验，明显区别于以往为政治服务的文学史，更不要说他的严谨学风，有口皆碑。

在文学史家当中像章先生那样讲马克思主义的，大概很少，像他那样能精熟运用马、恩著作并具自己独到理解的，大概更少。在我们欣欣然"向革命告别"的年代，这或许是不够时髦的。然而我在想，这对他对我们意味着什么？的确，"四人帮"的倒台给先生带来了生机，从政治战车上卸下的社会也在恢复元气，在开放年代成长起来的年轻人是有福的，不必背上"过去"

的包袱，先生却不然。也不像许多他的同代人，对于过去的梦魇，有的轻松告别，有的无奈中作涂蜜的怀旧，有的更无视历史的教训，给它披上“皇帝的新衣”，先生却不然，一手按住伤痛，面对着历史的废墟，清理给极“左”思潮蹂躏的文学领地，包括对他自己的“清算”。而他的选择，并非枝枝节节的修补，而是正本清源，致力于“人性”的归复。

对章先生来说，马克思的“改变世界”的理想还是那么新鲜，在他的青年时代即信奉之，也为之经受磨难，但他始终不悔。事实上数十年来围绕着“个人”“个性”“自我”等充满活力的概念建构了一个富于中国特色的批评体系。简言之，以和谐社会为终极关怀，在古今演变、中西参照的视域中，坚持语义为基础的实学，运用宏观与微观、理性与激情相结合的辩证方法，从文学传统中挖掘与诠释“人性的解放”“美的创造”的民族感情与精神的历史，与世界人文价值接轨，使文学史与时代的脉搏息息相通，成为提升自尊自爱的情感与激励创造的生动教育，而章先生自己则置身于全球化的潮流冲荡之中，保持开放的姿态，探索新的途径，也时时检验自己的论述，力求臻之完善的境地。

在 1998 年出版的《中国文学史新著》中，一个重大的改动是关于文学史的“分期”，即不再按照历代王朝来划分，而分成“上古”“中世”“近世”三个阶段。这种意在与世界史接轨的分期，早在黄人的《中国文学史》中即已采用，但自二十世纪五十年代以来改用“秦汉”“魏晋”等“王朝分期”。章先生在《关于中国文学史的宏观与微观研究》一文中关于他为何“恢复”

中断了的“分期”传统，以及“人性”为主线的文学在各时期的脉络走向，有提纲挈领的阐述。“上古”从文明之始至春秋战国；“中世”从秦汉到宋末；“近世”从元代到二十世纪初，力图勾画出文学如何在与政治、经济与文化的互动之中、在形式自身的张力之中发展的进路。这样的分期不仅遵循“人性”的原则，更具一种全球与本土文化互动的愿景：在世界文学与文化的参照架构中揭示——特别是中国文学走向“近代”的过程——其自身开展的逻辑，而中国文学中的“人性”普世精神是世界文化的共同财富。

文学史分期贯穿着“人性”主线的升降起伏，与哲学思潮、意识形态、社团动向等息息相关。《走在下坡路上的文学》一文指出“中国文学之受到较多的束缚，乃是从宋朝开始的”，当然是对于儒文化的持续影响而言。宋代“理学”的兴起，“存天理，去人欲”的哲学思想风行一时，弥漫在文学领域中，其“实质”如章先生一语破的：“乃是加强对自我的抑制。”使他更觉悲哀的是那种含有“哲理”性的“自我萎缩”，这方面以苏轼为典型。苏轼在政治上遭受挫折之后，藉老庄求得解脱，那些潇然物外、随遇而安的篇什似乎为中国帝制后期的士大夫树立了人生哲学与美学的典范，历来为人传诵。章先生认为有两种“自我抑制”的类型：“一种是平时已经抑制得符合标准了，所以在写作时不必再加抑制；另一种是平时抑制得还不够，所以在写作时还要进一步抑制。”后一种颇似那些加强自我修养的道学家，而苏轼属于前一种，在他已不存在“自我抑制”，因为已经自觉做到“符合标准”，而且通过“哲理”的验证而臻至超越的境界。在宋代知识分子身上所体现的似乎更是一种“集体无意识”的威力，以自我删检的方式把诗的正义、把激情和抗争消解于无形之中，这对文学的人性进展是更为致命的。如果说“中世”时期文学发展更多地受到政治与思想条件的限制，那么把金末作为“近世”的开端则完全着眼于文学形式的发展。“一方面是文学作品的情感所依存的人性的发展，另一方面是文学自身的演进”（《宏观与微观》）。在这意义上对董解元的《西厢记诸宫调》作充分估价，即先是文学形式。以此为标志拉开了后来以市民阶级为主导的世俗文学的序幕。

文学回归其自身，文学形式随之获得了本体的意义。在1997年发表的《关于魏晋南北朝文学的评价》说：“随着自我意识的加强，作家对于自己喜怒哀乐有了更敏锐和强烈的感受。因而在表现时，不再满足于朴素地抒发感情，而是要尽可能地以种种艺术手段来突出这种感情，使之具有更尖锐的形式。”并不奇怪，该文把向来被诅咒的“宫体诗”视作魏晋“文学自觉”的产物时，不少人还难以接受。无独有偶，次年陈思和、王晓明在《上海文学》上发出“重写文学史”的呼吁，已见新潮之发动。虽然这一古一今之间或属巧合，而在章先生那里不啻从前方传来与“正典”搏击的呐喊。

其实从鲁迅、胡风一路下来，章先生对于形式问题胸有成竹，而“更尖锐的形式”这一富于诗意的提法蕴含了现代意识。他说：“如果作品没有以真实的形式直接描绘社会的矛盾斗争，仅仅表现了人的某种感情或情绪（甚至采取了虚幻、荒诞的形式），但只要表现得深刻，而且这种感情或情绪在那个社会里具有相当的普遍性或体现了社会的某种进展，仍应视为对社会生活的正确、深刻的反映。”所谓“虚幻、荒诞的形式”令人想到卡夫卡的《变形记》。在二十世纪初欧洲“现代主义”风潮中，作家们追求“更尖锐的形式”，纷纷表现非具象的、变形的社会现实，从乔伊斯、艾略特到马尔克斯，为世界文学增添瑰宝。作家的主观心象不再满足于表面现实，遂使资本主义的非理性生存状态得到“正确、深刻的反映”。并非偶然，章先生在论及“诗与哲理的结合”时就在这意义上提到“现代派艺术”：“使文学脱离简单的‘饥者歌其食，劳者歌其事’或就事论事地反映某些社会现象，引导读者在更高一个层次上进行思考，我想这应该是一种进步。其实，李白的《梦游天姥吟留别》这样的诗即可视为这种传统的继续；现代派艺术之包含哲理则是殊途同归。”

这十年来因为在香港教书，每年去上海，有机会谒见先生时，总感受到他的风云襟怀，与时俱进，敏感而精进。或许我近年来较多涉及近现代研究，总得到他的鼓励；现代文学、文学形式是他愈益关注的话题。这里可提到一个有趣的细节。2006 年由花城出版了我的一本“诗选”，收入“文化大革命”时期写的一些诗，我带了一本给先生，他说我都见到过的。这使我想起 1979 年我被录取读研究生，据先生说我外语考得好是个重要因素。于是我把早年所写的一些诗歌和翻译给他看，其中包括波特莱尔《恶之花》的翻译，他一页一页看过去，虽然没说什么，但他是一向鼓励学生朝多方面发展的。

四

《不京不海集》的最后一篇《关于中国现代文学的开端》发表于2001年，是讨论现代文学“分期”问题的，这看似不寻常，不啻是对于现代学科界线的跨越，但更具挑战的是他提出“古今贯通”，这方面在1999年发表的《关于中国文学史的宏观与微观研究》与《不应存在的鸿沟》两文中已见端倪，也收在这部文集里。其实以“人性”为纲的文学史本身就含有鲜明的现代价值取向与强烈的当代人文关怀，因此讨论现代分期是一种自然的延伸，其间并无古今的隔阂。此时章先生正全力从事于《中国文学史新著》，然而转而面向现代时，显然为一种文学的夙愿与生命的焦虑所逼迫，要求自己对于涉及文学与文化走向的重要课题作出回应，为文化建设作出更大的担当。

提出“古今贯通”是针对自二十世纪五十年代形成的现代文学与古代文学的学科分工。章先生尖锐指出，中国文学研究领域至今尚缺乏“整体”文学观念，古今学者各自为政，造成的“弊病”是研究古代的缺乏现代意识，而研究现代的不知文学传统的来龙去脉。同时探讨现代文学的“开端”问题，也涉及文学史教育机制化的反思。相对于古代文学来说，现代文学与当代政治意识形态的关系更为密切。现代文学史把1917年或1919年“五四”运动作为现代文学的起点，正是按照关于“旧民主主义”和“新民主主义”历史时期的“最高指示”来划分的。章先生明确指出这种“分期”并未尊重文学的自身，仍把文学当作“政治的附庸”，那种“反帝反封建”的评价标准不仅把许多优秀作品排斥在外，而且如果“个体”在文学中缺席，那么“纵使推翻了封建主义的统治，把外来的帝国主义赶了出去，国家强大了起来，却并不妨碍其仍在暴君的统治之下。”

对于章先生，古今文学断裂问题还面临一重挑战，亟须作出回应，所涉及的不仅是古今关系，也是中西文化之间的“现代性”纠葛，更涉及对“五四”传统的评价。正如这三篇文章一再道及的，在学界流行着“断裂”或“飞跃”的说法：“对中国现代文学与古代文学的关系，有的学者说，五四新文学的出现是中国文学传统的断裂；有些学者则将它说成是在继承中国文学传统基础上吸收外国文学营养而形成的飞跃。”他认为这两种说法都似乎言之成理，但都缺乏证据。的确在过去二三十年里关于中国文化的讨论一直没有断过，一种颇占上风的看法是二十世纪中国为“革命”意识形态所笼罩，文化传统产生断裂，“五四”新文学因其激进思潮难辞其咎，因此章先生说：“据说，社会上的许多负面现象都由此而起。治疗的办法是赶快向传统回归。”因此通过现代文学“开端”与“古今贯通”的讨论，他明确表示：“与‘断裂’说的意见不同，我认为现当代文学与古代文学的传统从未断裂过，不过我不是指恪守儒学的、道貌岸然的文学作品的传统，而是指具有鲁迅所谓‘撄人心’（《摩罗诗力说》）功能的文学的传统。”他认为恰恰因为文学被“革命”所捆绑，“五四”所代表的人性自由和解放的传统没有真正得到发扬，在今天全球境遇中，不同文化之间的交流空前多元频繁，更应当大力推进“五四”的“个人主义”与“世界主义”，不应使文学回到“宗经”“原道”

的老路上去。

显然章先生是同意“飞跃”说并加以完善的。中国文学的“人性”之旅尽管颠簸曲折，对自由、解放的渴望与实践始终不息，其滋长于自身的土壤之中，到近世与外来文化的融合更加速其进步而出现飞跃的态势。对于章先生的学术生涯，这一点不容忽视，即他所坚持的“五四”立场源自鲁迅、胡风至贾植芳的马克思主义的思想谱系，那仍是相当激进的，但方向全然不同。他所坚持的是“五四”在中国的未竟之业——“个人主义”与“世界主义”，其中蕴涵着他对于当下全球化境遇中的中国文化走向的回应与前瞻。

五

很久以来我一直觉得欠了先生很多。1988年春完成博士学位，留在古籍所工作，至年底去美国探亲，不意一去便十年。1998年暑假暂回上海，住在先生家里。一日于天亮之际见先生仍伏案，想必又是通宵工作，令我注视良久。记得去国前夕，先生、我与谈蓓芳在教师餐厅，是送行的意思。席间先生问我跟他有几年了，屈指一数，“八年了”。先生一笑而言它，然而那一刻永久刻在我心上。

在海外飘荡的日子，我没有离开他，在精神上。1991年台湾的痖弦先生邀我为《联合报副刊》写一篇“我的世界观”的短文，即以“纵罹厄难，毋改初衷”为题，文中说：“这初衷即是对真和美的追求。”

1980 年在章培恒师家中

2000 年与章培恒师在苏州

2006年我的右眼患视网膜剥离，手术后几乎盲目。先生在电话里安慰我，并举了一些人的例子来宽慰。此后每见到我，先问我的眼睛如何。

2007年慨允为我的书《革命与形式》作序，那是他在华山医院的病榻上写的。

往事不断浮现，对于先生，一己的感恩不足言，这里谈《不京不海集》也浮光掠影。在先生离去的日子，当时在复旦校园里学生的“哲人萎焉，风雨如晦”的白色条幅，常映现于我眼帘，我也常在思索什么是久播人口的先生的“人格魅力”？我们如何能善待自己的民族的“过去”？他的被压抑的过去并非空白，却作了充分的储备，成为未来文化重建的源头活水。无论身处顺逆，都无悔无咎，保持其青年激情的理想，在反思“革命”的真义，在从事一个属于理论及文化机制的拨乱反正的工作，在人性问题上回复马克思主义的本色，对于历史的谬误作根本性反思和批判，某种意义上他重新激扬了“五四”的传统，而摒弃其激进的政治乌托邦与进步史观，朝向一个更为人性、更为开放的中国与世界。重要的是，他证明了文学史上人性与自我价值的普世性并非完全是外来的，而根植于中国的文学与文化传统之中。尤其是他总是把感情及其表现视作文学的根本生命这一点，在今天受到全球化挑战的境遇中，更凸现了本土文化价值的意义。

的确，当我们信奉的“理想主义”一旦失却了光彩，“个人”似乎迎来了千载难逢的机会，疯狂追逐其所能获取的物质的一切，思想遂变得日益怠惰而苍白起来。此时若能殚精竭力探索民族文化走向且能指出一个切实方向的，必称得上是一个大勇大智者。

在我的眼中，先生即属于这样担当得起历史的人，其“初衷”如星辰般闪耀，为我们指路。

2012 年 5 月 4 日

（原刊《书城》，2012 年第 6 期）

附录 烛光悼章培恒师有感

难忘的一幕，神圣而温馨。夜色里，每人怀里揣着一朵烛光，三三两两走下石阶，围成一颗心，映照出你，生命中永恒的一刻，幽雅而慈祥。

不知是谁的创意，把烛光放入塑料纸杯里，顶住了风。他们听过你的文学史课，文学史里没有塑料纸杯。你的人性之光点燃，在平凡里创造奇迹。

桃李满墙的校园，有过这样的烛光。但不曾有学生来一瓶酒，把你当作酒友。这样的烛光以后还会有，但只有你，与酒的传奇、悲剧的精神同在。

见我踯躅于一旁，老师招呼我过去，笑问：你手中捧着的是什么？我看看手中，自以为捧着他的光环，此刻已经化成片片鸟翼，消失在夜空里。

来，和大家喝一杯。让我们举杯，为未来干杯！老师显得那么年轻，我摸摸自己的小胡子，好不容易养起来的，也消失了。

2011 年 6 月 18 日于澳门

苍凉叔世忆张晖

记得3月15日那天，是我有生以来一个最黑色的星期五。下午接到张宏生兄的电话，他在香港赤鱲角机场，正要去北京，听到他急促的语音："张晖昨发急性白血病，现在医院，诊断说他的脑部已经死亡。"

对于张晖的离去，始终令人难以接受。在我的记忆中，他总是笑眯眯乐呵呵的，永远是一个阳光青年，这几年里与他交往得越多，越觉得他可爱可贵。在笑乐之中，有他的真挚、坚毅、睿智与幽默，那种潜藏着深刻的忧世的幽默。正当他在学术上精锐竞出、前程无量之时，如一颗亮丽的新星，却遽然陨落。

记得我于2002年夏来到香港科技大学人文学部任教，不久见到了张晖，他也刚来读博士。他好像选了我开的一门关于晚明与晚清文学的研究生课，与他最初的面谈，即使我眼前一亮。他在南京大学读了硕士，在"文科强化班"里接受了严格的文史研究的训练，无疑是班上的高才生。那时的他已经出版了《龙榆生年谱》。从我个人的求学经历来说，当年师从章培恒先生，所受的教诲以"实学"为第一义，他培养的硕士生大多以年谱作为毕业论文。但《龙榆生年谱》是张晖读强化班的成绩，这就更使我惊奇了。

我们投缘，不光在学问上。凡做过年谱的，对于谱主一代的文献如数家珍，也会对文献本身有一种特别的热诚，但张晖不属于掉书袋的那种，他涉猎广，对历史和人事有一种通透的理解，兴趣在文学文本之外。我对“乱世”“末世”文学有兴趣，张晖也是。谈到钱谦益、陈寅恪，幽古之思油然而生。他说他读过我的一篇谈“以史治诗”与“以诗治史”的文章，那是一篇随笔，发表在海外的一个刊物上的。我也没问，心里只觉有些奇怪，他怎么会看到的。那一天，大约两年之后了，他到我的办公室，异常兴奋，说陈国球老师同意他做“诗史”为题的博士论文，一向的憨厚中闪现出奕奕神采。我想这一番出诗入史，他似乎意识到在迎接某种挑战，在文史大传统中听到了来自往贤前圣的召唤。

到科大来读文科研究课程的，似有被“洗脑”的说法，虽然我不以为然。老师大多受美国教育，像郑树森和已故高辛勇这两位老师开的“文学理论”是必修课，讲当代西方形式主义、后现代后结构主义等，要读外文原著，这对于一些同学来说，会发生“文化冲撞”的效果。有的洗心革面，一时却难以消化，难免生搬硬套，或变得无所适从。也有学不进去、依然故我的。张晖极其聪明，懂得在理论与历史之间斡旋与节制。他追求新知，也喜欢新理论，却不盲从，反而在研究中更增强了“问题意识”，其实也是由于他自身基础好，有“实学”作后盾的缘故。

他的《忠孝观念与革命困境》一文，是当年高辛勇老师课上的学期论文，曾获人文学部的优秀论文奖，后来我推荐给张兵兄发表在《复旦学报》上。“汤武革命”与儒家的“忠孝”伦理一向存在张力，这篇论文触及这一重要课题，且结合通俗小说来探讨“革命”话语的历史演变，在我看来，特别有意思。张晖认真读了高老师的关于小说与伦理关系的文章，也和我讨论过“革命”话语的问题。这不仅体现张晖的善学，更蕴涵着他自己的“问题意识”。另一个例子是《新时代与旧文学》一文，犹记得他在我的办公室里谈关于近代文学与报刊杂志的“公共空间”的心得，该文先是发表于《中国现代文学研究丛刊》上，收入最近吴盛青、高嘉谦主编的《抒情传统与维新时代》一书中。文中揭示了民国初期《小说月报》上南社同人的旧体诗所表现的“儿女私情”。文学史研究一般只关注感时忧国的“宏大叙事”方面，张晖的文章则涉及士人心态的“私密空间”，发现了“家国之间的裂缝”，这对于我们认识民初的思想与文学的转型，是富于启示的。这两个例子都蕴涵着他的“文化史”视域，暗示了张晖的治学方向，即在掌握丰富材料的基础上，力图在理论与方法上的突破。

张晖毕业以后，我们时有联络。他为人忠厚、谦虚，待人有古风。最令我难忘的是，2006 年底我的右眼患了视网膜剥落症，数经手术，仍无显效。张晖知道后，在电话里对我再三宽慰，以寅恪先生为譬，语含悲怆，期我能坚持，毋坠乎学术。稍后值春节时，他从北京来看我，知道我一个人寂寞，给我带来两盒郭德纲的相声碟片。

在八宝山灵堂里，送他最后一程。默哀是最好的礼敬，仪式或许只具象征的意义，然而这样简略的仪式令我觉得难受。拟了一个挽联，挂在心里：

出诗入史，才无可量；
以白送黑，情何以堪。

所谓的“白发人送黑发人”，是一个熟语，我突然领悟到其中所含的生命之揶揄，对老天不公的悲愤与无奈。

往事历历。2009 年夏在北京，像数年前那次一样，张晖和张霖热情招待。那天带我去北海后园吃饭，饭后我们畅游畅谈，放眼湖面上，荷花正盛开，一切都那么阳光。稍后张晖发来的邮件说：

电影《十月围城》是否看了？革命题材，热播。您一定有兴趣一看。我和张霖昨天去看了。

现在卓越网上买东西到一定限额，可赠送电视剧《蜗居》，上面不许播，下面就热闹成这样。

我仿佛听到了他的呵呵的笑。他的笑很迷人，属于灿烂的、洞察的笑。我相信凭着这样的笑，天大的事，任其荒唐，都能一笑置之。2011 年 2 月 11 日的邮件稍长：

一直惦着和您联系。上次接到您的电话，我正在广州和陈正宏先生一起开会。回北京后就是忙乱。除《文学遗产》编辑部工作刚上手之外，我最近还完成了几本编/点校的书，今年都能出版。职称是解决不了了。因为老同志到年龄不退休，单位已三年没有指标，无人可以晋升。2011/2012 年仍是如此。待遇和职称挂钩，于是待遇也好不了。

张霖过两天就要生孩子，明天早上我就要去医院排队，等着住院了。我们未能免俗，也到了这一步，说出去也觉得没有多大意思。所以一直不和您说，眼看孩子就要出世，不说也不行了。呵呵。

傅的书三联合约已出来，他本人估计还没有收到，但书今年就能出来。您手边有什么书稿，我也可以帮您试着联系。就是出版社趣味受到各方影响，有时不能把握。

今年上半年您还休假吧？记得您说台北四月份结束。还会来北京吗？

重读这封邮件，我徒生感叹。张晖热爱生活，珍视爱情、亲情和友情。过了几天，他告诉我："张霖 16 号已生一男孩，六斤八两，取名贞观。张霖高血糖，催产两天不成，后改剖宫产。接下来我要陪床在医院住 10 天左右。"并传来初啼宝宝的照片，显见他当上父亲的欣喜，对妻子的爱心。提到职称问题，友朋们总觉得这早就应该解决的，他在社科院也有五六年了，却是因为旧制度，使这样一个优秀的年轻学者受到不公的待遇。这几年尽管承受压力，他却极其勤奋而多产，除了那几本即将面世的文献整理的书，两部有关南明文学与历史的专著也将杀青。随着他在学界的实际作用愈见重要，请他帮忙的也越来越多。而他热心助人，有口皆碑，如信中言及我的书稿之类。这里"傅的书"即傅葆石先生的《灰色上海》一书，也是受我之托，由张霖翻译，后来出版方面受了波折，通过张晖的联系，改由三

与张晖在北海（2009 年）

联出版。

去年5月，张晖来港，在教育学院参加活动，老远地偕同《灰色上海》的编辑曾诚来看我，便在我的住处附近吃晚饭。那时我正沉浸在新婚的喜悦中，向他们介绍了我的内人。不久后，张霖发来邮件道贺，希望能早日见到我们。

万没想到，我们果然去了北京，可老天只让见到张霖与他们两岁的儿子。张晖静躺着，再也唤不醒。

他就这样地走了，我久久不能平静。我总觉得人生有希望，就像世界有阳光，然而对于张晖来说，这已经没有意义。从北京带回《无声无光集》，读到序言中最后的句子："这些有声有光的人与文，陪我度过了无声无光的夜与昼。"我顿时感到战栗，心头被漆黑淹没，难以排遣，那个阳光的张晖也似乎被倾覆。所谓"知人论世"，对张晖突然不适用起来。是的，他走过36个年头，但他所做的所实现的，远远超过了岁月所能度量的，其思致与情怀也必然超乎个人与时代。读《无声无光集》的文章，感到某种苍凉叔世之感。我突然想起写过《石匮书》的张岱来，他在《西湖梦寻》序言中"则是余梦中所有者，反为西湖所无"之语，曾令我低回不已，于是我急于想读到张晖的《易代之悲》与《帝国的流亡》这两部遗作了。

2013年5月12日于香港将军澳居所

（原刊张霖编《末法时代的声与光——学者张晖别传》，上海古籍出版社，2014年）

狂歌如斯怀纪弦

约半年前得知纪弦辞世的消息，看了网上一些报道，还看到一张他的百岁生日的照片，在家中拍的，他坐在中间，两旁是儿子和儿媳。纪老头戴一顶皇冠，银色的像是彩纸做的。这正是我印象里的老顽童的调皮，毕竟是纪弦——王者临走前一个“孤狼”的手势。

心头掠过一丝丝思绪，漾了开来，虽然细，质地却韧劲，交杂着记忆中永不褪色的二十世纪三十年代亭子间文人的哀愁和近年来越拖越长的麻木和愧疚。

从故纸堆里找出纪老给我的信，共五件，从历经河山逶迤而幸存的几个塑料袋里，一封信一张纸的翻着，能找到的只有这些了。那时我在大洋彼岸游荡，还生活在和亲朋好友用手书传递信息倾诉情愫的时代，好似一个“旧”时代无可挽留地离去了。

初到美国落脚在加州伯克莱分校，现在想起来那一段日子，好像总是离不开阳光。如果说身上还带着些八十年代大学里培养的“愤青”式的感时忧国，在遍地灿烂的阳光里渐渐消融了。一般所谓“文化震荡”在我身上没起多大作用，就像这所蜚声遐迩的伯克莱大学，洋溢着青春，自由无围墙，一过马路就到电报街，不经意地在街角踩上了诗意。

也常去左近的旧金山，仿佛一跨步即至，认识了陈雪、刘荒田等。这一带叫“湾区”，风水为北美之冠，在渔人码头、金门桥上，回望故园，抒情传统又回来了。

作为访问学者，也有一份日常“菜单”：在校园里听课，去东亚图书馆借书，去中国研究中心复印资料，然后去图书馆还掉，那时候述而不作，没有压力。闲暇写点诗，投投稿，倒倾注了更多的欢喜。然而过了一阵发现没有围墙似乎缺少安全感，于是在 1991 年去了洛杉矶加大，在东亚系注册读书，又回到了学术轨道上。

在洛杉矶读书，写诗也没有断，写得更勤些，投给顾晓阳办的一份报纸，另外是认识了《新大陆》诗刊的一批朋友，那是由于纪弦的介绍。先是在 1992 年夏天，陈雪告诉我纪弦住在离洛杉矶不远的密尔伯瑞，并给了地址，于是我毛遂自荐，很快得到了回信：

建华兄：

（一）你寄来的大批诗作和陈雪带回来的一首，我都看了。（二）我认为，本质上，也和我一样，你是一个抒情诗人。你的那些情诗，我看了很喜欢。而也有一些是对现代人生之讽刺的，也相当有力。但我觉得你的文字，有些地方，似乎“现代”得过分了一点。而总之，诗要写得“自然”一点才好。像《沙滩的断忆》之六：

远处一个侧影

又化为岩石

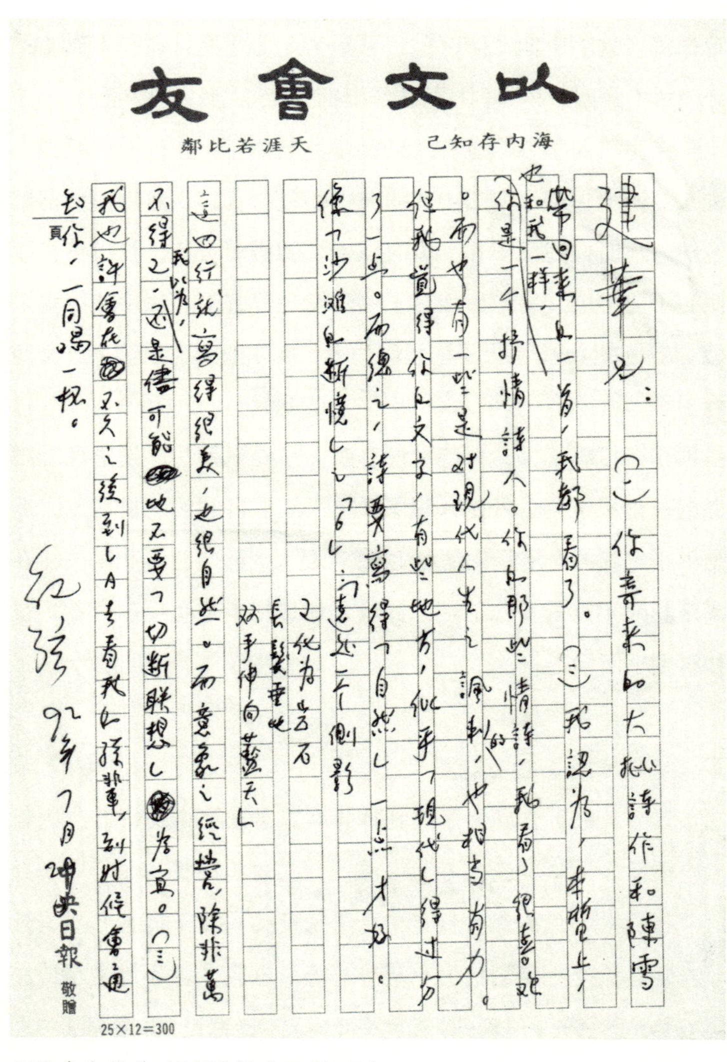

以文會友

海内存知己　天涯若比鄰

建華兄：

(一)你寄來的大批詩作和陳雪帶回來的一首，我都看了。(二)我認為，本質上，你是一个抒情詩人。你的那些情詩，我看了很喜歡，也和我一樣。而也有一些是對現代人生之諷刺的，也相當有力。但我覺得你的文字，有些地方，似乎「現代」得過分了一点。而總之，詩要寫得「自然」一点才好。像「沙灘的斷憶」「76」「記述一個側影」

之化為岩石
長髮垂地
好手伸向藍天

這四行就寫得很美，也很自然。而意象之經營，除非萬不得已，我以為，還是儘可能地不要「切斷聯想」為宜。(三)我也許會在不久之後到LA去看我的孫兒輩，到時候會之通電你，一同喝一杯。

紀弦　92年7月29

中央日報　敬贈

25×12=300

纪弦先生信件（1992 年 7 月 29 日）

长发垂地

双手伸向蓝天

这四行，就写得很美，也很自然。而意象之精营，除非万不得已，我以为，还是尽可能地不要“切断联想”为宜。

（三）我也许会在不久之后到LA看我的孙辈，到时候会通知你，一同喝一杯。

纪弦　92年7月29日

读着信，欣喜之情难以言表。直呼我为“诗人”，且把我看作同道，真让我受宠若惊。然而句句话那么直接、率真，我感到温暖、亲近。“也和我一样”这几个字是加在字行旁边的，特别让我震动。对我的诗有赞有弹，且具体点评，并非泛泛之词。信写得简洁明了，归结为三点，后来的信也是这样。当时纪老已经八十岁了，思路十分清晰。信笺是一张绿色的文稿纸，上面是“以文会友”的粗体隶书，下边一行“海内存知己，天涯若比邻”，左下角有“‘中央’日报敬赠”的字样。纪老的行文一如其惯常的行书体，有时按格子，有时不按格子，别有一种自由流畅的风格。

到年尾给纪老寄去一张圣诞卡，也附了几首发表在报纸上的诗。他的回信仍是一纸为限。照样给我点评：“《秦时关山汉时月》和《月亮的爱情》这二首，你都写得很美很抒情，我很喜欢。但是《首日封》我不太了解。”“不太了解”是一种委婉的批评，如上一封信说的，不够“自然”，或“现代”得“过分了一点”。这封信里提到了陈铭华和陈本铭，他们在洛杉矶主编一份叫《新大陆》的诗刊，并给了我他们的地址，嘱我同他们联系。

没想到很快收到了陈本铭的信，也给我寄来了《新大陆》。原来纪老也给他们写了信，把我介绍了给他们。二陈是越南华侨，和洛杉矶的几位朋友热心提倡现代诗，从1990年办了《新大陆》，经常刊登来自国内的诗作。我异常兴奋，寄去了两首诗，随即见刊于下一期上。

看到《新大陆》的预告，要为纪老八十庆生出专号。我也写了一首《诗运织进一九三四年的秋空——为纪弦八十寿辰作》，其中有这些句子："几经甲子的风雨了 / 这一片秋空，哦，秋空 / 依旧这么蓝 / 蓝得心醉 / 蓝得钻石心碎 // 我却有过苍白的秋空 / 像菜场卖剩一块豆腐 / 酸酸的压住亭子间 / 一方痴望的窗 / 和伤感的歌 // 如今秋空里挂满了诗铃 / 金灿灿像冠冕 / 却不似冠冕 / 童男女八个九个喧嘻而来 // 彼岸的诗涛轻拍 / 倾听你依旧狂歌如斯 / 热泪盈眶。

从前人写诗祝寿也是一体，容易流于矫揉造作。说实在，他早年以"刘易斯"闻名于诗坛，但几乎给戴望舒、李金发、卞之琳遮蔽了。我也可以算作六十年代的文学"叛青"吧，那时尽管对二三十年代的诗觅求搜索不遗余力，能见到的毕竟有限，记不起是否见到过刘易斯。到八十年代"现代诗"重见天日，最受追捧的是穆旦。五十年代纪老在台湾为现代诗开创新纪元，我是到海外才知道的。他那种叱咤风云，睥睨一世的传奇，听了令人神往。然而像我的诗里"亭子间""痴望的窗"云云，似乎不怎么妥当。那也是出自个人的感性，或许不无放大了的，为自己造一个能与“上海连接”，和纪老共享的词汇。大约我的内心态仍然停留在三十年代的上海。

确实这也是我和纪老接触的实际感受，对我这样一个后辈，奖掖、鼓励和鞭策，完全出于诗的率真，让我觉得温暖，觉得自信。而“童男女八个九个喧嘻而来”，指他儿孙成群，其实是暗用了“春风舞雩”的典故，即《论语》中“莫春者，春服既成，冠者五六人，童子六七人，浴乎沂，风乎舞雩，咏而归”。我是学古典文学出身，趁机掉了个书袋子。

纪弦有大气，虽然在诗里不见得要讲大儒气象。现在看来“冠冕”和纪老的百岁加冕有可喜的巧合，他是诗坛的无冕之王，至少在海外。而这首诗里当年的“孤狼”似乎淡出，化为和煦春风，也是当时我对纪弦的观感。他在信里说要来洛杉矶，没来成，托人带给我一本新出版的《半岛之歌》。他住的密尔布瑞也叫“中半岛”，诗集因此取名，收入他在美国的作品，凡日常起居、自然风景、亲情友谊触处皆成诗，所谓“狂歌如斯”，纵情歌颂生活，一派天真烂漫，然而一扫从前狼嚎喧嚣或超现实之风，尤其在语言方面极其口语，几乎不加修饰。

其余三封信，都在1993年。严格说来像批改学生作业，即把我寄去的诗寄回来，在空白处写上批注，有的用红笔，字字珠玉，非常精彩。那时我正好在《今天》上发表了回忆二十世纪六十年代中期在上海写诗遭遇的《天鹅，在一条永恒的溪旁》一文，给纪老寄去，他说：“首先，我对‘老朱’十分钦佩，也很欣赏，如果他还活着，那多好。其次，我十分惊异于你散文的能力，除了诗才，也同时能写这么好的散文。最后一点，

紀老教正
建華
93.11.27

獵場裡的黑貓

黑貓從獵場
撒歡逃逸
觀音洞裡許願——
一個偉大的詛咒

豐島長堤
海天裡一絲不掛
兩腿岔開
曬得癢癢地

月光曲的水邊
捉螢火
嗅六朝妃子的古墓
觸摸冷宮的欲望

鬧市中
一堵斷垣頹牆
觀賞櫥窗裡包裝的人生
遠眺雨絲風片的小鎮

背對魔影森森的高樓
伸個懶腰瞇上眼
陰陽交合
微露地獄之門

1993. 8. 8

此詩甚美。但這和我的「貓詩」，意象皆甚單純，不同於你的繁複。希望你只管走你自己的路，別問我喜歡不喜歡。而你的才華，我早就肯定了。

親愛的建華：信收到，三首短詩皆已看過，用紅筆寫下了我的意見。而長文尚未讀，下回再寄還你。短文「思領域」之「香港文學」，如登出來之後，你會看到。詩人陳雪，這名字多好，偏要改名「雪丹」二字，我不喜歡。我以為他在發表小說時用「雪丹」，發表詩作，仍以「陳雪」為宜。

紀弦 93年 10月2日

纪弦先生信件（1993 年 10月 2 日）

我对你的过去，有了更多的了解。好自为之吧，朋友！”然后我翻到最后一页，发现他又用红笔写的：“如果‘老朱’没死，当然也和陈建华一样，成为我的‘忘年’之交。”“老朱”即朱育琳，一位翻译波特莱尔的奇才，我那篇文章主要是为他逝世二十五周年而写，讲了他如何遭到屈死的事情。纪老这些话不啻是一种“诗的正义”的表达，正所谓人同此心，心有灵犀，使我特别感动和安慰。

他仍然批读我的诗，如对《猎场里的黑猫》这一首批道：“此诗甚美。但是我的‘猫诗’意象皆甚单纯，不同于你的繁复。希望你只管走你自己的路，别问我喜欢不喜欢。而你的才华，我早就肯定了。”另对《何苦中秋》一首批道：“此诗较差。”其实写诗的往往冷暖自知，这首诗本来就觉得不踏实。纪老目光如炬，感觉尖锐，一下子就点破了。更有意思的是在《为死亡过滤的小曲》一诗里，有这几句：“我依旧踯躅在黑色的路上 / 经过艾略特荒原 / 给世纪末夕阳 / 抹一把黑色的记忆。”“艾略特”三个字被画了个圈，纪老批道：“这三字可取消，因为他的那首长诗，不合用于此处。他那十九世纪的感叹，我们可以理解。但他做梦也想不到吾人今日之悲痛。”

这“艾略特”确实大而无当，显得勉强，我当时正情迷“现代诗”，硬是把这个现代鼻祖扯进来，很有象征意味。有趣的是，对于曾经沧海的纪老来说，这正显得幼稚。事实上我在揣摩着，这几封信里一再告诫我诗要写得“自然”“单纯”，且指出十九世纪艾略特的局限，涉及中西不同语境和本土主体的问题，尤其警辟，但那时的我一下子难以领悟，而他的纯粹的

1994 年与纪弦先生在美国加州密尔布瑞

语言却会令我联想到“五四”初期的大白话，那时在海外的一些知识分子正处于巨大思想震荡中，对“五四”传统另有一番切肤之痛。有一回与阿城闲聊，他对“五四”以来的白话乃至普通话对文学创作的负面影响很有一番精彩的见解，这见诸数年后出版的《闲话闲说》中，一本可喜的小书，那时我在哈佛读书，他寄了一本给我。

其实和纪老扯不上边。我们知道纪老以“常青树”著称，风格多变，这《半岛之歌》代表了大师的晚期风格，返璞归真，达到浑然天籁的境界。我的联想是一种可笑可怕的误读，有自己的心理问题。有趣的是，落差也出现在课堂里，那时李欧梵和苏源熙两位老师合开一门中国现代诗的课，讲波特莱尔的《恶之花》与鲁迅的《野草》，把我听得如醍醐灌顶，灵魂出窍。课上专门讨论到卞之琳的《距离的组织》，我们视之为某种现代技巧的经典展示，对于诗中一连串脱节的时空——实即纪老说的“切断联想”的手法——我们像猜谜一样细细推敲，尽管结果是一头雾水。

真正见到纪老是在1994年，和陈雪一起去密尔布瑞拜望他。和那天明媚阳光一样，我们开怀的高兴。他果然瘦长个子，没有烟斗和手杖，步履矫健。头戴红色棒球帽，身穿一件宽落落的纺绸衬衫，整个是玫瑰红的，间有蓝色花纹。乍一见他浑身散发着诗，我拘谨起来，穿一身深色西服，给套住了。我们在附近一家粤式酒楼喝茶，拍了不少照片。有一张我特喜欢，他一手抄背搭着我的肩膀，身子略歪着，显得特别潇洒和调皮。

这一年我随李老师去了哈佛，进了学问的高墙大院，一呆就是七八年，诗写得越来越少，也没有什么长进，至今想起与纪老的交往，徒生愧疚。

2014 年 1 月 3 日于上海海斯寓所

（原刊《文汇报·笔会》，2014 年 1 月 23 日）

1994 年与纪弦先生在美国加州密尔布瑞

怀念韩南先生

这些天与李欧梵老师在电邮里讨论，有关他即将在秋季应邀来交大开讲座的事。前日下午得他电邮，打开一看，却传来噩耗："刚从王德威那里得知，韩南教授刚过世。悲痛不已！"我含悲给王德威先生写了电邮，他回说："韩南教授突然过世，令我愈加悲伤。一周之前见他，还好好的。"

上个月香港中文大学出版社给我寄了一本韩南先生翻译的新著 Mirage，即中文小说《蜃楼志》。我答应要写个书评，想不到先写了这篇文章。

我在哈佛读书的那几年，除了李老师之外，接触较多的就数韩南先生了。在我的印象里，他永远是那么儒雅谦和，醇厚而精粹。基本上他专治明清小说，对中国文化有独特而深切的理解，同情之中不失一种欣赏的、含幽默感的距离。他的治学方式大约属于欧陆朴学一路，但在他的辛勤浇灌下，明清小说这块园地变得生意葱茏，多姿多彩。多亏他那些精确而具神韵的翻译，这块园地遂开放在英语世界里，被赋予永久的生命。

1991 年我去加州大学洛杉矶分校读书，修了斯特拉斯伯格（Richard Strassberg）教授的明清小说的研讨课。我原先是古典文学出身，研究对象一直是元明清诗歌和戏曲，记得博士毕业后，章培恒师有意让我研究古典小说，打算和我合写一本中国小说方面的书，因为我出国而未能实现。在这门明清小说课上，期末论文以李渔的小说《十二楼》为主题，于是斯特拉斯伯格教授说那一定要参考见世不久的韩南先生的《创造李渔》那本书，言谈之际他对韩南大加赞扬，说在中国小说研究方面，在美国没人可比。的确我发现韩南先生在二十世纪七十年代就发表了《中国白话小说》《中国短篇小说之时期、作者与结构研究》的专著。使我肃然起敬的是他那种极其精审的考证功夫。我们通常认为海外研究中国文学擅长理论诠释，即我们所谓以“义理”取胜，而韩南先生则精于考证。再进一步爬寻材料，发现在六十年代他在《亚洲杂志》上发表了关于《金瓶梅词话》的版本考证的文章。想起八十年代我在复旦读研究生的时候，目睹了《金瓶梅》的研究热潮，一时间像炸开了锅，这是具有“思想解放”的标志性事件。因此读到韩南先生的文章，不由得感慨，如果不是改革开放，这部小说还得锁在冷宫里。在《金瓶梅》作者问题上韩南先生十分谨慎，不贸然断定谁是真正作者，不过跟一般认为这部小说属于“说话”传统的集体创作的说法不同，他确定它是个人创作，在小说史上具有划时代意义，这就牵涉到对文学史的通盘认识。另外对我来说觉得新奇而一时难以理解的是，韩南先生通过文学风格来探讨作者问题，这是一种高难度的软性考证。事实上他提出《醒世恒言》中部分作品是“浪仙”的作品，即以“风格学”为依据，而这一结论被学界认为是不刊之论。

1994 年我去哈佛跟李欧梵老师学现代文学，见到了韩南先生。那时他已经年近七十，还给研究生上课。很幸运，我上过他两门研讨班课，各读一部小说，即《金瓶梅》和《海上花列传》。开始我不那么习惯，每次课上讨论数回，但渐渐的我领会到那种精读细品的好处。韩南先生不提自己的研究，也避免任何先入之见，完全放开让同学各抒己见。那种课堂讨论的状况很像是五方杂处、众声喧哗。来自不同的文化背景、立场和生活经验，各人对某个叙事或桥段有不同的理解，真的你会体会到所谓“作者死亡”的意涵。在课堂上我常常拙于言辞，说得那个一点，好像碰上了身份危机。原来在大陆对于某个作家、某个作品都有个说法，似乎放之四海而皆准，而在新的文化冲撞中力图寻找某种新的表述，因此比较辛苦。

韩南先生对我挺宽容的，特别像我这样的“老童生”，总是循循善诱，和风细雨。记得我交的一篇期末论文是关于《金瓶梅》里的“偷窥”描写。那时我在影视系选课，因此使用一些视觉文化方面的理论，理论上还做不到融会贯通，论述当中破绽不少，严格说来那是偏离了文学研究的，韩南先生非但不以为忤，且十分认真，对于没讲清楚的地方一一指出，提了不少问题。后来在我继续这一偷窥和视觉方面的研究过程中，他的问题带来了很大帮助。还有一点，和其他老师不同的是，在批改作业时，对我们来自非英语背景的学生，逐字逐句修改语法方面的错误。

韩南先生退休那年，东亚文明系为他开了一个学术研讨会。多年执教，桃李芬芳，他的许多学生从各地赶来，欢聚一堂。我也躬逢酒会和盛宴，在席间听他的学生们讲起从师经历，十分有趣。魏爱莲（Ellen Widmer）教授是韩南先生的大弟子，在明清文学方面卓有成就。她说跟了韩南老师多年，看上去他很严肃，但是看到他的《创造李渔》一书出版，方知道老师是那么文采斐然，才情潇洒。到后来又看到他翻译的《肉蒲团》出版，更让人跌破眼镜，哇，原来老师对于中国的春宫文学也那么有研究。的确，韩南先生厚积而薄发，踏实而富于睿智。至 2004 年《十九世纪末二十世纪初的中国小说》一书出版，展示了一个新方向的开拓，单看书中关于陈蝶仙自传体小说的那一章，就可见他对资料的收集和梳理，以及独特而富于灼见的阐释，足具严谨精致的范式。

其间一个小插曲令我难忘，在酒会上韩南先生引我到捷克汉学家米列娜教授面前，向她介绍说我在研究周瘦鹃。米列娜教授也是晚清文学研究领域的开拓者之一，且以结构主义理论来研究中国近代通俗文学的研究，很难得，可惜于前年谢世。我虽然跟她没什么交往，但韩南先生这般引荐后学，令我十分感动。

这又是我的幸运，知道我的博士论文以周瘦鹃为题，韩南先生十分支持。这里还有一层，即李欧梵老师对韩南先生一向尊崇备至，说他当初研究鲁迅，就受到韩南先生的一篇文章的启发，而且他去哈佛任教，韩南先生是背后的有力推手。他说韩南先生正在研究晚清民国，你做周瘦鹃的研究，他一定会喜欢的。后来果然如此，尽管他已经退休，仍愿意做我的论文指导委员会的老师。有一个学期，我们约定每两周见一次面，在系里特意为他退休之后安排的办公室里，在费正清中心。长记那些美好的时光，我宝贵的记忆，仿佛沐浴在从窗户铺洒进来

HARVARD UNIVERSITY
Department of East Asian Languages and Civilizations
2 Divinity Avenue
Cambridge, Massachusetts 02138
Telephone 617-495-2754

Dear Mr. Chen,

Many thanks for the two books. Actually I already have the one on late-Qing fiction theory, so I am returning it to you.

Have you seen the new 近代 catalogue: the 大系 series? I have a copy I will be glad to show you. I will be in my office this Wednesday (24th) at 4 p.m. Also next week on Thursday (March 4) at 3:15. Are you free either of those times?

Sincerely,

Patrick Hanan

韩南先生信件（约 1997 年）

的阳光里，聆听他的教诲。那时他在翻译《风月梦》这部小说，在探究书中的扬州方言。他知道我是上海人，对沪语也很有兴趣。在北美研究汉学的，大多不那么看重中文学学界的研究成果，韩南先生很不同，当然是对于那些做得好的。有一回我提到一篇台湾学者作的关于晚清小说的论文，他嘱我找出来给他。

他对我的帮助，还有一件事我难以忘怀。哈佛的博士资格要求三外，除了英语、日语，还得掌握一门印欧语言。一般要上语言课拿到合格成绩，也可以由答辩委员会教授出题考试。我跟韩南先生说在“文化大革命”期间自学过法语，他显得有点讶异，但同意给我考试。考试那天，他给了我两页纸，应当是普实克有关中国文学的论述吧，我把它译成英文，结果他觉得还不赖，给通过了。

2001 年我在欧柏林学院一边教书，一边赶写博士论文的最后两章。每写完一章，就给答辩教授们一一寄去。在韩南先生寄回来的纸页上，像以往一样，帮我改语法，用铅笔逐句改正，这些稿纸至今还保存着。

2002 年开始我在香港科技大学教书，至年底的时候，我们的电邮通信频繁了起来。那时王为松兄在上海教育出版社，他十分欣赏韩南先生的研究，打算把他的代表著全翻译过来。的确在二十世纪七十年代韩南先生的一些著作就在台湾翻译出版了，因此如何尽快把他的著作介绍给大陆读者，是刻不容缓的事。首先要翻译的是韩南先生刚完成的《十九世纪末二十世纪初的中国小说》。为松兄给我发电邮，要我给翻译把关，这也是韩南先生推荐的。受到先生的信赖，我满心喜悦，遂与责任编辑孙戈、译者徐侠女士密切合作。校订过程愉快且从中得益匪浅，感受到韩南先生一丝不苟的学风。他要求在概念用语方面要准确，要我发现问题须直言所见，有时为一名之立而往返讨论。对于有些译文中难以表达其精妙婉转的地方，他也不强求，表现出通达和宽容。另外他强调翻译的可读性，为了便利中国读者，删除了一些考证文本和注解。

经过大半年的努力，此书中文版在2004年面世了，其英文版也在同年由美国哥伦比亚大学出版社出版。关于中文版书名，韩南先生来信征求我的意见，我建议使用“中国近代小说的兴起”，略有借鉴瓦特的《小说的兴起》那本经典之作的意思，蒙韩南先生采纳。还有一件事，我曾问他书中的章节是否可以先在大陆刊物发表，他回答说在英文版没有出版之前，不宜这么做。至今想来，先生如此严于律己，真令人慨叹！

令人欣慰的是这几年韩南先生的《创造李渔》及论文集已在大陆出版，读者们能一睹这位大腕级汉学家的学术风采。《中国近代小说的兴起》在2010年重版，增加了韩南先生关于雨果《九三年》的翻译的新作。值得一提的是译者徐侠对自己的译本并不满意，因此许多地方等于重新译过，这种精神很是可贵。

这几年里时以先生为念，两次见到魏爱莲教授，得知一些近况，每见李老师，也总是心念不已。事实上自退休之后，韩南先生笔耕不辍，尤致力于翻译，如《十二楼》《黄金祟》《明代爱情小说选》《风月梦》至最近的《蜃楼志》，一部部相继问世，正当欣欣生意之际，突然得知他的去世，深感悲惋。面对先生留下的文学遗产，其中凝聚着他的挚爱、坚韧和智慧，令我们感愧感奋。

（原刊《南方周末》，2014 年 6 月 5 日）

天鹅，在一条永恒的溪旁——写于朱育琳先生逝世廿五周年

巴黎变了，但我的忧郁如故！
古老的郊区和新建的皇宫
于我都成了寓意深长的画图，
而我珍惜的记忆比岩石还重！

罗浮宫前一个形象，压在我心上，
我想起那只天鹅，神态怪异，
像一个流放者，滑稽而又轩昂，
被渴念无休地消蚀，于是想起你

——波特莱尔《天鹅》，朱育琳译

北岛鼓励我把我们一伙在“文化大革命”期间的文学“活动”写下来，我口里答应，心里却踟蹰：我不知道怎么说这些。我们并不属于“地下文学”的类型，虽然，除了那张“反革命小集团”的红皮封条，我们没有成立什么，也没有明确的目标或主张。不过我确实想过写一点过去的事，倒不尽是为个人的天真而沉重的梦，也为的是浸润着朋友的血的比岩石还重的记忆。呜呼！二十多年来，家国屡经变迁，个人的命运亦随之沉浮转

辗，这些记忆的碎片始终不曾消淡，虽然其中并无英雄的传奇，有的却是琐屑与伤感，近年来却让异域的烂漫阳光涂上一层层怀旧的温馨，成为可忆不可即之物。然而虚掷的青春返响永难消逝的绝望的呼叫，遂悟知天若有情，自己终究难臻恩仇俱泯的境界。

确切的时间已难以记清，幸亏手头有数年前钱玉林为我未出版诗集写的一篇序，其中一段颇能反映我们的概况以及钱兄至今珍藏的那一份真诚。

> 我认识陈建华大概在1966年春初，天气寒冷，景物萧条。由于对于诗歌、文学的爱好，我们和几个年轻的朋友常常聚会在一起。那是一种相濡以沫的聚合，像在寒冷的暗夜中背靠着背，围坐在仅有的火堆旁以等候黎明一样。这火堆便是文学与诗。怀着爱情，怀着希望，在绝望中又不甘心于绝望，我们痛苦地歌唱。而这痛苦是深广的，它首先不是因为个人的命运。……

和钱玉林、王定国、汪圣宝等认识，是在福州路上海旧书店。几乎每个星期天，我们在那儿碰见。我们摸准规律，星期天总有新上架的旧书。早上店门一开，大家抢步冲向那几排文学书架；恨不得眼捷手快，却焦虑地看着不知什么好书已经让别人抓走，过不了几时，架子上就“杯盘狼藉”了。几回面熟陌生的，就交谈起来；只消提几个崇拜的名字，几首令人叫绝的诗，便敞开了各自的心扉。

旧书店在右边的一条弄堂后靠七八步，因此人行道上留出一块空地。星期天等开门的人总有这么多。我们沉浸在单纯的酷爱中，沉浸在志趣的投合中；透过文学的棱镜印证对人生的参悟与憧憬。阳光似乎总是这么明亮，照在书店右边一大片水泥墙上；我们这些“为赋新词强说愁”的少年，谁也不会明白那片空白中风损雨蚀的凄凉。贴对面是古籍书店，也是我们必去的。桌子上放满了清仓处理的《四部丛刊》本和四部备要本，价钱之便宜说来像天宝遗事。

钱玉林就住在离书店几百步的一条小马路上。沿马路房子，走进暗跌扑落的绒线铺，他家里半打人挤在一个白天不开灯不得过的后厢房里。玉林、定国等人都是市中心一个重点学校的高中生，我那时在市郊一个半工半读的技校里读书，仿佛从“边缘”走进他们的圈子。钱比我们都大，因从小患哮喘，常常休学。他圆脸厚唇，戴一副黑框眼镜，络腮胡子永远刮不清。在滔滔阔论时，不时拿出一个小瓶动作熟练地朝口腔喷些药水。屋子里搭有一个小阁楼，在这块直不起腰的私人领域里藏着他的书，编织他浪漫的诗和梦。他写诗属于豪放一路。国人中认同陶渊明、辛弃疾；洋人则激赏普希金、海涅、惠特曼。我们交换诗作，有趣的是我们都啧啧称赞对方，风格上却互不影响。钱写诗一直写到 1976 年，作品留存至今。

令人惊异的是钱诗中所表达的强烈而晶粹的光明，但不是当时流行的那种。他家庭成分不好，自幼饱受社会冷遇，加上生病，但他总是在歌唱爱情和希望。这种个人的、率直而热烈的诗，实即表达了只能在梦中出现的光明，亦即在社会主义的灿烂阳光下却会说成属于“苍白”“阴暗”的东西。

从1966年春初至1968年6月遭到“无情打击”为止，我们谈个不休，也会争论；不知道是否有人有过什么计划，大家似乎满足于一种趣味，表现的是一种姿态。“文化大革命”的突至使文学用世的想法显得天真，但我们确乎倾向于个人对文学的体验。由于朱育琳的加入，大家的趣味变得某种程度的精致，使我们除十八世纪的浪漫传统更知道十九世纪巴黎的“颓废”。这趣味与腥风血雨的四周形成残酷的对照，遂陷于楚楚可怜、苦苦挣扎的境地。

可以说，这种感觉从一开始便隐含着，虽未意识到：即是对社会气氛的疏离感、对主流话语的厌倦感，使我们“臭味相投”。谈起古的洋的文学杰作，一致叫好。对于《安娜·卡列尼娜》或《约翰·克利斯朵夫》，大家会热烈争辩，仿佛其中的精神资源取之不竭，当话题转到当时国内的文坛，便是一阵沉默，一阵叹息，仿佛见到一片荒芜。对那些打油式的民歌，或关于“火热生活”的陈腔滥调已提不起兴致；即使偶尔提到一两个作家的名字，便投之以常似尖刻的评语。所以当我们发觉各人在不约而同地写十四行诗，或直露的情诗，或追求雕琢的诗风，其惊喜可以想见。这趣味的追求，从另一角度看，也隐含着首先把文学同那个权威的“公众”分离的要求。的确，在“文化大革命”前短暂的“黄金时段”中，我们在马路上、在书店那些公共场所，所谓“指点江山，激扬文字”，得意地谈论，忘形地笑，好像要向铁板无味的周围宣示：我们是优越的一伙！

我们对艺术形式的讲究，只有在当时特定的政治、道德的语境中，方显示其特殊的含义。好象只有西洋文学才值得谈思想，在褒贬当时甚或更早的文坛时，艺术形式被当作批判的武器，那是下意识里规避政治批判而导致的武器的转换。二十世纪五十年代以来的历次政治运动及至六十年代中期意识形态的收紧给我们幼稚的心田投下多少阴影，这不易估计；我们同情邓拓，赞赏他对古代女子长发的趣味。我们传阅田汉的《关汉卿》，对他骨气的敬佩更先于才华。对二三十年代人物的评判，也泾渭分明。闻一多、戴望舒一致推赏，在激赏《雷雨》之余，惋惜作者后期剧作格调的退步；对于郁达夫甚表同情，而对那位郭大人则不然。在这些评判中，艺术、政治与道德三者难分宾主，而传统所谓“清流”“浊流”的分类法肯定对思维方式起了作用。

趣味对我们具有追寻身份认同的意义，而我们亦始终满足于“初级阶段”的美学的反叛。怀着急切而微茫的期盼，竭力追求新的精神之源和新的语言，只要能逃离那陈腐的荒漠，哪怕奔向的是毒泉。那时旧书店能成为“麦加”，因间或从中漏网的“毒草”能满足隐秘的欲望，刺激新的想象。记得我先后觅到何其芳的《画梦录》和《预言》的原版本，翻来覆去咀嚼了好一阵。所谓“隐秘的欲望”多半和“禁止的游戏”有关，官样文章或文学史对作家作品的批判反而刺激了阅读的好奇心。一次买到艾青在“反右”中遭批的《海岬上》，看了却不觉得怎么样。

朱育琳的来到，引起我们节庆般的喜悦和激动。他看上去比我们大得多，但我们公认他为导师，乃因为他学识渊博，文学修养极高。钱玉林等人似乎比我早认识他，而我最初同他交识是通过波特莱尔。

那天奇热，旧书店里人不见少。我在店里转，没买到书，也没见钱、王他们，颇觉沮丧。朱育琳从书架走向柜台，打了个照面；以前虽未招呼过，同是书架旁抢书的，已面善心契了。他不经意地问：

“拣到什么没有？”

“没有，你呢？”

见他手里是一本翻译的《蔷薇园》。我说：“戴望舒翻过一本波特莱尔的《恶之花掇英》。”这句话说得有点踌躇，陈述中带有询问，意思是我想找这本书。

“嗯。”他仍不经意地应了一声。

“是有这本书？”我真的问了，潜意识里想他有这本书吧。

“我看过，译得不灵。”

此语如石破天惊，我随口问：“你自己翻译过？”……眼睛睁得大大。他不置可否，神秘而讽嘲地笑笑，说些什么别的了。

下个星期天，我们又在书店见，他给我他自己翻译的《恶之花》。一共四首，第一首是《恶运》：

背起这样一个沉重的负担，
息息弗斯，我仰慕你的气概。
对于工作，我的心一样勇迈，
但艺术无涯而生命太短暂。

远离了荣名的庄严的陵堂，

恶運

背起這样一个沉重的負担，
息息弗司(1)，我仰慕你的气概，
對於工作，我的心一样勇迈，
但艺术無涯而生命太短暫。

遠离了荣名的莊严的陵堂，
走向一个凄凉寂寞的墳墓，
我的心像一面低沉的大鼓，
敲奏着丧礼的哀歌去送葬。

多少昏睡的珍宝，沉埋
在不可探测的深海，
永遠無人知曉。

多少憾恨的花朵，虚赠
他难以言说的芳芬，
在孤独中枯凋。

(1)息息弗司是希腊神话中的一个国王，因欺罔天神，被罚至地狱中把巨石推到山巅，又滚下再推，永永不息。

朱育琳译波特莱尔《恶运》，陈建华抄（1965）

走向一个凄凉寂寞的坟墓；
我的心像一面低沉的大鼓，
敲奏着丧礼的哀歌去送葬。

多少昏睡的珍宝，沉埋
在不可探测的深海，
永远无人知晓。

多少憾恨的花朵，虚赠
他难以言说的芳芬，
在孤独中枯凋。

另三首是：《秋天小曲》《月亮的悲哀》和《异域的芳香》，均属《恶之花》中上乘之作。朱育琳是一个天才的译家，他把波特莱尔译到炉火纯青的境地，不仅因精熟法语和法国文学，也由于坎坷生涯和美学修养所致。我想他是把翻译波特莱尔认真视作一种事业的，但自从 1968 年 7 月他被迫害致死，遂使留至我手中的八首译诗成为一笔小小的“遗产”了。

说来或许可笑，当时我还不怎么了解波特莱尔，并不知道《译文》曾经刊登过陈敬容选译的《恶之花》，只是在一本很早被译成中文的小泉八云讲述近代欧洲文学思潮的书中得知这位被称为西方近代文学“鼻祖”的“恶魔诗人”的，后来又从艾青为戴望舒诗集写的序中得知望舒曾出版过一本《恶之花掇英》。尽管如此，我当时却颇有让“恶魔”附身的样子，大概因为自己有一番为“封资修”中毒愈深的经历。

那时我在浦东的一个技校半工半读。学校属中央交通部系统，教员多从部队调来；政治思想抓得紧，讲阶级斗争，住宿生活像军营。我出身不好，政治上受歧视；对自己的电工专业不感兴趣，实习成绩不妙，遂心情苦闷，孤僻的性格更变得冷酷沉默。于是一跤跌入文学，以写诗求慰安。开始学过一阵郭沫若的《天狗》式的狂吠，也写过冰心式糖果味的哲理小诗，接着迷醉于徐志摩、闻一多的豆腐干体，又迷上了象征派、现代派。与朱、钱等结交前后，正较为顺手地制作一种介乎朱湘和戴望舒之间的东西。《绣履的传奇》可谓悲金悼玉之作，哀挽那个正被无产阶级革命风暴“扫进垃圾堆”的历史，其中两段是：

长记那些奢糜而醉心的岁月，
沾染了欢燕时倾觥的酒珠，
浸湿了长门妃子夜怨之泪，
染成你如今残脂驳落的衰容。

像景阳楼早妆的钟声沉坠而消歇了，
像御沟水上的柳影随斜阳而消逝了，
地下的高唐客还怅望江上的云雨吗？
记取吧，如铜驼夜哭于荒野的荆棘！

虽起始于幼稚的模仿，但多种形式的尝试不仅伴随美感经验的欣喜，亦与创造与不朽的意欲相连。实际上还不知应该写什么，写出的东西却不自觉地重复出现死亡的主题或意象。如在《落花歌》中安慰“可爱的小骷髅”，愿陪伴它“孤寂的魂灵”；或如《瘦驴人哀歌》：“骑着羸弱的瘦驴独自纡缓地歔欷哀吟/听死神凄凉的残笑一声摧残着一声/……”这或许正体现出一种内心的要求，即把自我从那个怀有敌意的社会分离出来，在死亡的美感经验中获得和谐的幻觉。但自我却未能从中得到超脱，这艺术形式与死亡主题的内在关联也无意中受政治意识的导向，预示写作的危机。不过，这最初阶段沉溺于形式和死亡语言的游戏，还是相当愉快的。就这样，与波特莱尔一见如故，并非因为这位恶魔诗人的“近代”性，而是我与地狱经验已有了某种亲和感。

我们叫他“老朱”。二十世纪五十年代初他在北大西语系读外国文学，后来转入上海同济大学读建筑。毕业后工作过一段时候，当时失业在家，没结婚。关于老朱，我们就知道这么多，不知他何处来，何处去。我们不介意这些。他个儿略高瘦，戴一副普通眼镜，眼神机敏、深邃，而藏着怀疑；嘴唇扁平紧抿着严肃，谈笑时不时露出鄙夷和讽嘲；衣着不修边幅，却谈吐优雅，那夹香烟的姿势，令人想起三十年代穿长衫的文人。在昏黄的灯光下，他一边猛吸“勇士牌”香烟（最廉价的烟，一毛三分一包。他自嘲“好汉吃勇士”），一边情绪投入地谈论陀思妥耶夫斯基《死屋手记》中的细节描写，仿佛其亲身经历。只见他略带病容的脸上，皱纹似乎刻着创痛。

老朱给我们带来另一个文学的世界。陀思妥耶夫斯基笔下“被侮辱与被损害”的一群是他的宠爱，他喜欢品评巴尔扎克小说里的“怪物”——贝姨、葛朗台、伏脱冷，也喜欢讲那些揶揄人生的作品，如都德的《沙福》等。他的趣味倾向于一种表现复杂人性的、更为真实而震撼人心的文学，然而这常常是阴暗、变态的。显然，他最倾倒的是波特莱尔和爱伦·坡，他曾译过后者的一首诗《在一条永恒的溪旁》。但他似乎不愿轻谈这两位怪杰。一次谈到波特莱尔，他问：“艺术是什么？”看到我们都愣了，他神秘兮兮地说：“艺术是鸦片。”并引用波特莱尔的诗句，认为艺术应当给人带来“比冰和铁更刺人心肠的快乐”。他的另一喜欢的用语是“想入非非”，赞许那种能引起极度美感想象的作品。对他讲的这些东西，我们当时并不怎么理解，回报他的更多的是惊异与崇拜。

老朱不是颓废派。你很难对他作单一的界定，他对人生有过复杂的体验和思索。尽管提到普希金、海涅时，他似乎会报之以宽容的一笑，而他对古典作品的熟悉程度同样令人惊叹，一次他信口背诵朗费罗的《人生礼赞》的原文。他酷好“三李”（李白、李商隐、李贺），曾自己选抄了一本《三李诗选》；余兴未尽，又选抄了一小册杜牧和许浑的诗。他对工作的热诚见诸为翻译《恶之花》而费尽心思。一次谈到他在译《秋天小曲》时，反复推敲是否要把“玛甘丽”译成“玫瑰蕊”或“梅桂蕊”。随着运动的深入，他政治上的爱憎表露得愈益明显。他曾写过一首约三十行的政治讽刺诗，用中外文学中有关宫闱轶事的典故，对诗中的一对男女极鞭笞之能事，显然在影射当时的政治现实。

“文化大革命”汹涌而至。我们各自经历了一阵惊愕、惶恐和震荡后，又相聚一笑。钱玉林家里来往的人多了，有的从

1967年钱玉林、陈建华、王定国、朱育琳在上海长风公园

外地来，不都是谈文学的。“革命”迅速地冲垮了我们的边界，把我们抛入历史的大浪潮中，正如我们偷取聚会的快乐，却不能隔绝外面传来的金鼓声、呼喊声。我们谈小道、谈时局，对张春桥、江青一帮的奸佞猖狂痛心疾首；同时谈文学，传阅书籍和作品。钱玉林和我都被抄家，旧书店也关门大吉，“革命”却使“毒草”不知从哪儿钻出来，迅速地流传。我们读到傅东华译的《飘》和《虎魄》（此尤物尤为老朱欣赏）。不知谁弄到一本阿志巴绥夫的《沙宁》，我们喜不释手。但是，我们对聚会愈加小心，经常转移地方。

最难忘的是 1967 年秋在长风公园的聚会，老朱、玉林、定国和圣宝都在。我们划船找到一片草地，似乎真的是一片世外桃源。大家围坐着，由定国朗诵老朱带来的译作——波特莱尔的《天鹅》。这朗诵使我们感动，且显得庄严。我们称赞波特莱尔，也赞美老朱的译笔。那天我们吃东西、唱歌、拍照，似乎好久以来没这么开心过。

1968 年初，那个冬天特别冷，特别长，春天仿佛不会再来。写诗不再有愉悦感，精神如入炼狱。我感到这惨酷的现实在步步进逼，迫使我放弃梦境和虚幻的死亡，面对真实的死亡。1967 年的诗是各种梦——肉感的、古色古香的。4 月里，“我爱梦，如爱温柔的情人，/ 夜月升起，我轻呼她的名字。”（《我的梦》）在 7 月间写的散文诗《梦幻香》中，以深夜电车座椅上香味勾起心理独白，酖溺于有关香味的记忆和幻觉中，这标志着我的梦境的极致。波特莱尔和老朱的艺术趣味，对我的风格逐渐起了作用。我开始放弃色彩和梦幻的表现，从现实生活中寻找能

给一个天堂里的人

To one in the paradise

爱伦·坡

你是我的一切，情人，
我的灵魂为之憔悴——
你是海中的绿岛，情人，
一所圣龛，一注泉水，
缀满了仙果与奇葩，
它们只为我而娇媚。

啊！光明得难久的梦，
啊！希望的星辰果然升起，
只是为了以后的西沉，
从"未来"发出一个声息，
"前进"——但我徘徊的精神
在"往日"的暗潮上停歇，
惊愕、麻痹而无声！

啊！天哪！我已颓败，
生命的光辉已经暗淡，
"不再——不再——不再"，
肃穆的大海这般呢喃，
向着无声的沙岸，
"雷劈的大树不再花开，
垂毙的雄鹰倒在尘埃"。

朱育琳译爱伦·坡《给一个天堂里的人》，钱玉林抄（1966年）

真正令精神战栗的东西。在写了一些以大街为背景表现压抑的性意识的诗之后，终于写出《梦后的恐惧》：“我睁开眼睛，茫茫的漆黑 / 像一张网，罩住我的恐惧；/ 我四肢麻木，如解体一般，/ 如被人鞭笞，弃之于绝谷。/……”我好像找到了一直在找的语言，但带来的是真的恐惧，逼近这黑洞般的现实而随时被吞噬的恐惧。继之，在散文诗《雨夜的悲歌》里，作为“喜爱苏醒在黑夜中的灵魂”唱出悲歌：“像一群囚徒唱响在阴暗的牢房，像一片翻腾的海水，浮动着无数头颅，他们的面容是那么苍白而憔悴……”当结尾时诅咒那“阴云密雾里的太阳，也像一支快要燃烬的蜡烛”时，感到一阵电击般的痛快与恐怖。

每时每刻在制造仇恨和死亡的现实，而当我仍用美学手段和现实遭遇时，所带来的不是美感的愉悦，而是泄恨的快慰，及肉体的痛楚和反抗。然而我已经没有退路，我不可能再写梦；于是不得不悬身在黑洞的边缘，一面眼看梦幻的破灭，一面逃避真实的死亡。由是在诗中一再出现“牢狱”和“鞭笞”的意象，表现精神受拷炙的苦痛，如《荒庭》：

> 当我独自一人默默而语的时候，
> 一只猛狮从灵魂的地狱里跳出，
> ……
> 它要挣脱，回到自由的森林！
> 那里有成群的野狼向它屈膝。
> 但来了狰狞的狱卒，将它死命

鞭笞，它终于倒下，昏在暗角里。

……

艺术未能使我克服对真实死亡的恐惧，同时我也不断听到另一种道德的律令，似乎只有让写作成为直接制敌死命的投枪，才能脱略艺术的借口，洗涤自己的怯弱。对我说来，如果服从这一道德的律令，亦意味着艺术理想的死亡。此时，我的精神处于极度的矛盾和痛苦中，找不到答案，沉默和期待成为我唯一的选择。

同年 6 月，我们的“反革命小集团”被“揪出”，其“成员”一一被光明中学红卫兵抓去，关在校中交代“罪行”。老朱也被抓到，作为“教唆犯”被严刑拷打，不几天便死于非命，据说他是跳楼自杀的。红卫兵遂宣布他的反革命历史：他在 1957 年鸣放中向领导提意见，被打成“右派分子”。大学毕业后被派往新疆工作，后因患病回沪休养。“小集团”里的其他成员亦一一遭到整肃。到 1970 年初我在所在单位又被作为“现行反革命”而被“隔离审查”。在审讯时问到当时在同伙中流传的两小册诗，我说烧了。在关押的暗室里，我练习死亡：想象自己被押至刑场，跪在地上，两手反剪，子弹从后脑穿过……这一次是艺术战胜了死亡。半年后公安部门宣布结论，赐我一顶“政治错误”的帽子，从此开始了近十年的小牛鬼生涯。

1979 年 10 月，朱育琳追悼会在龙华火葬场举行。从悼词中得知，他是上海宝山县人，卒年仅三十四岁。

就这样，四分之一个世纪过去了。我常常会想到老朱的死。

他或者不会死，起先红卫兵不知道他住在什么地方，有人说曾经看见他在某一家医院看病，于是从病历卡上查到他的地址。我也常常重读他翻译的诗，尤其是那篇音韵堪称绝调的《恶运》。有一件事，我始终难以释然，并百思不得其解。就在老朱死前几个月，也是我精神上最感危机之时，我常常想起他，模模糊糊地，一种不祥的预感笼罩着我，我写了一首《无题》，第一句“我想起你，像一只蝼蚁”，即套用他翻译的《天鹅》里的开头。在诗中这蝼蚁“造出奇异而美妙的想象，/把路途的窟窿充填成平坦”。最后一段是：

如果我将来找到你，在废墟中，
啊，我将发现你不闭的眼睛，
仍流露出曾被压抑的爱憎，
除了我，无人探求它的真义。
不要悲伤，朋友，我将祭起
黑色的大纛，使你在微笑中合眼。

我不知道老朱是否还睁着那含恨的眼睛，我也不明白他到底是怎么死的。对于他的死，有关方面至今没有做过像样的调查。读我自己写的“黑色的大纛”，实在幼稚得很。我也常常会想起那长风公园的一幕，我们谁也没有了解那首《天鹅》的“真义”，其中蕴含他多少身世的坎坷与悲凄，多少历史的苍凉！我们那天笑得那么快活，不知道这笑声对于老朱含着某种残忍的意味。

他今天仍然活着，该多好？

无奈中遥望长天，仿佛浮现那只洁白的天鹅，在一条永恒的溪旁，想起“一切失而不再复得的人，不再！不再！”

1993年，7月，26日于洛杉矶

（原刊于《今天》，1993年第3期）

与朱育琳先生私谈：波特莱尔翻译、翻译风格及其他

一

在前两年写的一篇的回忆文章里，我已经谈到你翻译波特莱尔。[①]你知道我把你的年龄弄错了。你是 1931 年生的，这记在一个小本子里，当初还是因为参加了你的追悼会才知道的。出国以来，四处迁徙，也不知丢了几回东西，这小本子倒还没丢。写文章的时候，没有查对，凭记忆，说你卒年三十四岁。你已经活得这么少，我又给你少算了三年，似乎我（们）对生命有一种习惯的轻率。

还有一件事，在那篇文章里，想写，结果没写。说不说你都知道，但说跟不说，对我来说却不一样。那就是，我们当中只有我一个，知道你住在哪里。我偷偷地跟过你一回，因为好奇，也是出于崇拜（崇拜会导致如此可怕的行为）。跟到你墩基里的弄堂口，见你走进家门。出事以后，他们最早放我，关了我一夜（如此长夜！渐远的，从街心传来了头班有轨电车的叮当声）。大概他们认定我不是核心人物，还是因为我吃住了

---

① 《天鹅，在一条永恒的溪旁——写于朱育琳先生逝世廿五周年》，《今天》，1993 年第 3 期，页 255–265。

打，吃住了几个“上体司”的皮鞭和钢筋铁棍，死咬不承认有“攻击”言论（下午父母来领我，认了我好一会，脸上开了果子铺。妈妈没哭，也没抱住我，不像好莱坞电影）。我暗自得意侥幸，以为他们找不到你。我想错了，其实我是浑浑噩噩，根本没有去多想。得悉你死后，我一直在问自己，为什么我没有想到去通知你，只有我知道你的住处！为什么没有像武侠小说里写的，讲江湖义气，两肋插刀（后来又读到黄宗羲的一篇文章，收在周予同编的一本历史文选里，读到明清之际社稷倾隳，士夫持危扶颠，奔赴急难，不由得黯然神伤）？我是懦弱？还是幼稚？看来两者兼有之。我实在低估了“无产阶级专政”的威力，岂知他们能从仁济医院的病历卡找到你（1844 年，英国伦敦布道会传教士雒魏林在小南门外开设仁济医院。病历卡制度大约从此始）！

我曾说过你至今留在我手中的八首译诗，成了我一笔小小的文化“遗产”。下面写的，或者可读作这句话的注脚，虽然会长一点。但我觉得更合适的是一种和你面谈的方式，尽管你不说话，我能看到你在听我说，或许也能听到你。其实所谓“遗产”云云，首先是我个人的事，一些有关你翻译波特莱尔的问题，多年来盘缠我的脑海。如果用一种论文的格调来写，或许看起来更客观一些，但它难以满足一种内在的需求，尤其在价值需要得到呈现的时候。在目前这一特殊的情景，因为我所面对的是和一种死亡的经验密切相连的文本。事隔这么多年，写出这些不足轻重的感想，如果是想为你的翻译争一席之地，这事情想想也不免荒诞。我还有另一层踌躇，就是这样一种意义的求索对读者来说似乎过于沉重，所以我宁可让读者听到的是一种较为亲昵的语调，这比从画面里直视他 / 她们的眼睛要好一些。

二

仅仅根据这八首译诗来评估你的翻译，是不公允的。这对其他译者也难以公允，因为这种有限的比较有以偏概全之虞。你最后一次译了三首而不想留给我们，我想因为你仍把那些看作未定稿的缘故。你给我的《秋天小曲》里，最后一段里有两个 marguerite，一个是小写，一个是大写，你都译成“玛甘丽”。对这样的译法你显然是不满意的，但你也不愿把前者译成“雏菊”，因为这样就牺牲了同形同韵所产生的视觉和听觉的愉悦。有一次你说你考虑是否译成“梅桂蕊”把这两者统一起来，但又觉得不像外国女子的名字，可谓煞费苦心。

即使从这极其有限的八首诗来看，已经显示了你独特的语言处理方式和翻译风格。如果把译者普遍奉为圭臬的严复的“信、达、雅”三原则来衡量你的译作，固然亦可以窥见你熔铸三者而自成境界。由于译者受语言的掌握和禀赋等条件限制，能信、能达者却不必能雅，而你对“雅”的斤斤追求，可以说是严复、傅雷之流裔。“雅”即为一种翻译风格的呈现常常依赖汉语自身的特质和民族的语言心理习惯，而越依恋于独特的翻译风格，越是容易和“信、达”之间形成张力。这就涉及如何对待外来文化、汉语特点及自身文化传统的问题。

先举一例。波特莱尔《烦闷》（Spleen）第一句：

Pluviose，irrité contre la ville entière。[①]你译成：“多雨的五月对全城恼怒。”碰到这样的主语和定语分词，译诗者会感到头痛。跟译小说不一样，译诗必须考虑到字数和音步，而韵脚的选择会影响其他诗行。你的翻译简洁了当，因为大胆更动了语法结构，将定语分词变成谓语结构。另外 Pluviose 一词也麻烦不小。这是一专名，指共和新历的五月，这期间巴黎被笼罩在雨、雾和阴冷之中。你用“多雨的五月”也得当。所以整句原意尽在，而读来上口，可谓既“信”又“达”。

我们来看钱春绮的译法:“雨月，整个城市使它感到气恼。”[②]呆板而不舒服，是死扣原文语法的结果。既用“雨月”作为专名，就不得不加注，就难以直“达”读者了。钱氏之后的译者有所进步。如莫渝：“雨月之神对整座城市发怒。”[③]“之神”是蛇足，大约考虑到径用“雨月”作主语显得突兀。另如郭宏安：“雨月，对着整个城市大发雷霆。”[④]也不得不用一逗号，使“雨月”有所缓冲。这些麻烦岂止于汉译者，如 Kenneth Hanson 的英译：Old Pluvius，month of rains，in peevish mood。原诗“对全城恼怒”的意思全掉了。[⑤]另如 Edna Millay 译成：Pluviose，hating all that

---

① Charles Baudelaire, *Les Fleurs du Mal* (Paris：Editions Garnier Freres, 1952), p.117.

② 钱春绮译《恶之花》，北京：人民文学出版社，1986 年，页 180。

③ 莫渝《恶之花译析》，广州：花城出版社，1992 年，页 117。

④ 郭宏安译《恶之花》，广西：漓江出版社，1992 年，页 92。

⑤ *The Flowers of Evil* (Pennsyvania: The Frankliin Library, 1977), p.119.

lives，and loathing me，简直是在瞎译了。[1]

从对比中可见你使用的“恼怒”一词准确而富表现力。这一简单的例句已透露某种线索：你是如何在寻找一个“刺人心肠”的波特莱尔，也在寻找汉语的魔力。另如《异域的芳香》(Parfum Exotique)第二段原文：Une ǐle paresseuse où la nature donne/ Des arbres singuliers et des fruits savoureux；/Des hommes dont le corps est mince et vigoureux，/Et des femmes dont l'oeil par sa franchise étonne.[2]你的译文：

一个懒慵的岛屿为自然慨赏，
奇特的树林还有美味的果子；
男人的体格瘦削而健壮，
女人的眼神惊讶他们的大方。

戴望舒译《异国的芬芳》：“一个闲慵的岛，那里“自然”产生/奇异的树和甘美可口的果子；/产生身体苗条壮健的小伙子，/和眼睛坦白叫人惊异的女人。”[3]戴译是一种标准的“直译”，动词“产生”用得不确切。原诗首句的donne意为“给”，当然也可作“给予”或“赐予”。钱春绮用“恩赏”，莫渝用“惠赐”，都没有你的“慨赏”来得雅致。与众不同的是你在这句

---

① *The Flowers of Evil*, ed., George Dillon and Edna St. Vincent Millay (New York: Washington Square Press, Inc., 1962), p.125.

② *Les Fleurs du Mal*, p.39.

③ 《戴望舒诗全编》，杭州：浙江文艺出版社，1989年，页187。

里用一被动句式，且用一个少为现代译者使用的“为”字，读来遂有慨叹之效。所以“慨赏”虽略嫌文诌，却反而产生一种雅致的风格。

戴译有一种独特的诗人的资质，呈现清丽、优雅的语言风格。但是在翻译这首诗时，他却拘泥原诗的文法结构，不敢越雷池一步。原诗第二、三、四句的树、果子、男人和女人都是 donne 的宾语。望舒照译不误，且唯恐使这一文法结构不明显，在第三句重复“产生”，这样的译法“信”即“信”矣，乃欠“达”乎。你使三、四两句与 donne 这一动词脱离，变为两个独立的句子，这样突出了作为主语的“体格”和“眼神”，较原诗更有一种戏剧化（钱春绮作了相似的处理：“妇女的眼睛天真得令人惊异，/男子们身体瘦长而精力很旺。”[1]和你的韵味迥异。“精力很旺”为凑韵，诗意全失）。你没遵照原诗的语法，而读者未感任何不适，“为自然慨赏”的意思仍隐含着。也就是说，这样的语法变动不全符合原诗的“形式”，但符合汉诗的阅读方式。你的这种译法不能叫作“意译”。所谓“意译”往往不受原文文法的约束，而根据自己的“意会”加以重构。在意识到中西语体两者之间差异的情况下，你常常作一种审慎的“错置”。如上面的“体格”和“眼神”由原诗中宾语的修饰词转变为独立句中的主语，并未破坏诗意的内在筋脉，而由于投光所在，相对来说吸引读者较多的注意力，也因此给诠释提供新的层面。

在《秋天小曲》（Sonnet D’Automne）第二段：Ne veut

---

① 钱春绮译《恶之花》，页 60。

pas te montrer son secret infernal, /Berceuse dont la main aux longs sommeils m'invite, /Ni sa noire légende avec la flamme écrite./Je hais la passion et l'esprit me fait mal！[①]你译为：

他不愿显露它的地狱的秘密，
对你这邀我长眠的催眠女人，
它不愿用火焰写出黑色的传奇，
我恨激情，它使我受得够腻！

同样的，你对原诗的代词和所有代词作了微妙的改动。前三句里没有主语，用的是 Ne veut pas……Ni……（不愿……不愿……）的句式；其主语是出现在第一段里第三行的“我的心”（Mon coeur）。你在一、三句增加了两个主语。如果严格按照原文，这两个主语应当都是“它”，但你用“他”作第一个主语，就显得有变化，避免了重复和呆板。对照陈敬容的译文：“它不愿向你袒示它阴暗的秘密，/一手招我沉睡的摇篮人；/也不愿给你看它的火焰写成的经历，/我恨热情，智慧又令我疲病不振。”[②]这里同你一样，译者增加了主语（也有可能是你受她的影响），而对一个主语的“它”和两个所有代词“它”“它的”的安排也颇费苦心，但问题出在两个“向你”和“给你”。原诗 Ne veut pas te montrer……确有一“向你”，但第三句并没有

① *Les Fleurs du Mal*. p.106.

② 陈敬容译《波特莱尔诗选译》，《译文》，1957 年 7 月号，页 140。

"给你"的意思。因为你在第二句用了"对你"的句子，干脆就省了第一行的"向你"。你的做法是有增有减，而陈译好似叠床架屋，头绪过多，减弱了诗句的表现力。第三行那个"对你"的误增使句子过长，反而将营造气氛的"黑色的"（noire）省略，颇可惜。另外她将 infernal 译为"阴暗的"，légende 译为"经历"，都不到位，减弱了原意。而"摇篮人"则译得勉强了。

也有按照原诗不增主语的，如钱春绮和郭宏安。他们的难题是，因为"不愿……也不愿……"的句式缺了主语，如果像原文一样译作一、三两行，就难以连贯。他们都将原诗的第一、三行变成第一、二行，而将第二行变成第三行。结果如钱译："不愿对你透露他的可怕的隐衷 / 和那用火焰写成的阴暗的奇闻，/ 摇着我的摇篮催我长眠的女人。/ 我憎恶热情，我的精神使我苦痛！"[①]这样就失去了"对你"的原意，造成另一种不连贯。郭译也是如此，第三句译作"你的手邀我长眠，催眠的女子。"似乎另起一句，更缺乏上下的联系，与原意更远。由此看来，你将第二句译成"对你……"确有承上启下之效。

再举一个错置和暗换的佳例，波莱赖尔《天鹅》（Le Cygne）的最后一句，由安德罗玛克想到所有惨遭恶运之人……患肺病的非洲女、瘦弱的孤儿、俘虏、被征服者等，遂发出彻骨的呼号：

Ainsi dans la forêt où mon esprit s'exile

---

① 钱春绮译《恶之花》，页 162。

Un vieux Souvenir sonne à plein souffle du cor !

Je pense aux matelots oubliés dans une ile,

Aux captifs, aux vaincus ! ……A bien d’autre encore ! [1]

最后的五个音步译成汉语时，很难达到原文的那种力度。如莫渝："其他更多的人！"已属难能。另如郭译："和其他很多人！"陈译："还有其他很多的人！"都不传神。至于钱春绮译为了押韵，译作："和其他许多人士！"比较糟糕，因为"人士"一语有所限定，损伤了诗人对"人"的普遍关怀。我相信你也为这个问题困惑过，而你的解决方式却如此与众不同、如此富于独创！你的这段译文：

一个古老的"记忆"号角般吹响，

在流放我灵魂的森林里！

我想起水手被遗忘在荒岛上，

想起俘虏、被征服者……一切悲凄！

你在第三句上做了手脚，却如此不动声色！按照原诗，应当是"我想起被遗忘在荒岛上的水手。"所有译者都是这么译的。但你使用了一个被动态，使诗人所想象的对象模棱两可起来，既是水手这个"人"，也是他被遗忘在荒岛上这件"事"。由

① *Les Fleurs du Mal*, p.143.

此为你最后使用含意抽象然而极其简洁的“一切悲凄”作了铺垫。你这样稍稍变换了原来的句子结构，非但没有对原意有任何减弱，反而由实体的“人”延伸到悲惨命运的场景及涵盖一种抽象的含意，给此诗更添了一层深度。

三

音乐性在你对风格的追求中标志着一种美学境界，这固然是《恶之花》的特色，我觉得你努力锻炼音韵可视作沟通现代和传统的尝试。《恶运》（Le Guignon）一诗可谓极致。原 文：Pour soulever un poids si lourd，/Sisyphe，il faudrait ton courage ！ /Bien qu’on ait du coeur a l’ouvrage，/L’art est long et le Temps est court.//Loin des sépultures célèbres，/Vers un cimetière isolé，/Mon coeur，comme un tambour voilé，/Va battant des marches funèbres.//Maint joyau dort enseveli/Dans les ténèbres et l’oubli，/Bien loin des pioches et des sondes；//Mainte fleur épanche à regret/Son parfum doux comme un secret/Dans les solitudes profondes.[①]你的译文：

背起这样一个沉重的负担，
息息弗司，我仰慕你的气概。
对于工作，我的心一样勇迈，
但艺术无涯而生命太短暂。

① *Les Fleurs du Mal*, p.23.

远离了荣名的庄严的陵堂，
走向一个凄凉寂寞的坟墓，
我的心像一面低沉的大鼓，
敲奏着丧礼的哀歌去送葬。

多少昏睡的珍宝，沉埋
在不可探测的深海，
永远无人知晓。

多少憾恨的花朵，虚赠
他难以言说的芳芬，
在孤独中枯凋。

在音步的处理上，你没有像许多翻译者依照原诗“音节”或“音组”，而主要从实践出发，在忠于原作和形式大致整饬的基础上，力图感人心志，把声音看作整体的有机部分。如朱光潜所说：“有文学价值的作品必是完整的有机体，情感思想和语文风格必融为一体，声音与意义也必欣合无间。”[①]原诗每行八音步，你处理得极其灵活。第一、二段中四、五音组并用。如第二段里第一句为四音组，第二段为五音组，读来却抑扬顿挫。而末两段更是出格，二、三、四音组皆有，却造成闻一多所说的“建筑美”。

如果举例做比较的话，郭宏安固守“音节”法，即以汉语单

① 朱光潜《谈翻译》，见罗新璋编《翻译论集》，北京：商务印书馆，1984年，页448。

字与原诗音步对等，每行八字，如第一段："要负起如此的重担，/得有西西弗的勇气！/尽管人们有心努力，/却艺术长而光阴短。"[①]另如钱春绮用的是"音组"法，基本上每行四音组："要挑起这样一付重担，/应有希绪福斯的勇气！/尽管人们在黾勉从事，/学艺无涯而时间很短。"[②]从音步角度，他们都译得比你规范，但孰优孰劣，读者可自下判断。

在用韵方面，你也是首先根据原作，并从实践、实效着眼。而此诗则是严格合符原诗押韵，即abba，cddc，eef，ggf。这首译诗的音韵浑厚而沉重，与诗人自承恶运的主题契合，令人产生极深的悲感。之所以如此，我想和韵脚的平仄安排有关。首段四行为平、去、去、去声；第二段是平、去、上、去声；第三段去、上、上声；末段平、平、平声。所以整个的阅读效果由去声的慷慨悲愤转向上声的哀婉的感叹（应注意第三段中首行的"宝"字和末段首行的"朵"都是上声的辅助韵），到末段三个平韵，变为呻吟和叹息。

每次我阅读你的这首译诗，都会产生一种特别的感动；感动的经验首先伴随着音乐性。如果说你对韵脚的斟酌和平仄的安排隐含着某种内在的法则，那么这毋宁说受益于汉诗传统的声韵方面的丰富遗产。北岛曾在《翻译风格：一场悄悄的革命》一文中充分估价了"五四"以来的西方文学翻译在形成发展过程中的现代汉诗和西方现代主义之间所起的桥梁作用，并指出

① 郭宏安译《恶之花》，页24。

② 钱春绮译《恶之花》，页35-36。

由于政治风暴的冲击，这个桥梁时断时续，直到二十世纪八十年代又重睹其丰姿。[①]作为“翻译风格”的典范之一，他举出戴望舒在二十世纪四十年代翻译的《洛尔迦诗钞》。的确，望舒的翻译风格在对西方现代主义想象的重构中发展了现代汉诗的语言。我想作一点补充：在戴氏翻译风格中我们能显见另一座桥梁——现代和传统的桥梁。他的抒情风格及其语言资源，和文学传统有很深的联系，如果把他的《雨巷》的音韵平仄做一种结构上的分析，可发现和你的这首《恶运》的“神韵”有相通之处。

四

到今天转瞬过了将近半个世纪。你大概不会想到，波特莱尔正在中国走红。光是二十世纪八十年代以后，就我所知，海峡两岸已经至少出了五种《恶之花》的全译或选译本，其他零碎的不算。如果你在世，一定会感到狂喜。我想你也一定会在其中扮演一种角色。我们或许能坐在波特莱尔的窗边，挑灯细论世纪末的风景。

今夜我却身处大洋彼岸，和你作孤独的私语。我企望追踪你的足迹，想见你为人：从你 1957 年打成“右派”被发配到新疆及至“文化大革命”，在你十年间的鬼蜮生涯中，波特莱尔对你具有怎样的意义？这翻译对你又有怎样的意义？是的，意

① Bei Dao, “Translation Style：A Quiet Revolution,” in *Inside Out: Modernism and Postmodernism in Chinese Literary Culture*, eds., Wendy Larson and Anne Wedell-Wedellsborg (Aarhus: Aarhus University Press, 1993), pp.60—64.

义体现在你的翻译过程中。如果说你恪守原文语法并根据汉语特性加以变通是你基本的翻译原则，那么这首先是一种智性的活动，而你对风格的苛求中，则呈现情感结构的复杂图像。在与波特莱尔的神魂交感中，你分享“颓废”和纯美的喜悦和痛苦，既承担艺术的恶运，亦从浪漫主义“不朽”的信念中得到安慰。但你和波特莱尔的冥会契合绝不是随意的狂想，你明白所能依赖的仅仅是语言的魔幻，才能使你们获得不朽。当你的自我怀着同样恶运的悲愤和激情进入波特莱尔的世界时，却不得不面对语言的铁网。正如我上文所提到，你把《恶运》中第三人称转换成第一人称时，你的自我获得一种逃离牢笼的解放的快感。这样，你使你自己和波特莱尔直接承当了恶运，这来自你抗拒逆境的意志的召示，结果却是在语言和波特莱尔之间清醒的决择。

风格是你自我的衣装，但无论汉语也好，传统也好，对你来说都不具有神灵的呵持，虚妄的符咒，都不曾把你的自我或波特莱尔的世界吞噬。你的风格追求一种理想语言，与汉语传统相联系，面向的是万变莫测的机遇。在翻译过程中，你的自我在波特莱尔和语言风格这两个世界之间，在艰难的踯躅中期待灵光迸现，使你的自我与波特赖尔神合。

我在上文中也提到，你的翻译风格有一种戏剧化的倾向。在和波特莱尔的神貌契合之际，你的自我在悸动，在呻吟，在扮演角色。但这种内在冲突只有在你的自我徘徊于语言和波特莱尔两者之间，也即从你的风格与原文之间的格斗时才能体察到；换言之，在机械的直译或师心自用的意译中，就难以发现这样惊心动魄的内在冲突的痕迹。这里，我想再举一两个例子。

你使波特莱尔显得更为沉重，富有寓言性的是你译的《天鹅》。原文：Paris change，mais rien dans ma mélancolie/N'a bougé! Palais neufs，échafaudages，blocs，/Vieux faubourgs，tout pour moi devient allégorie，/Et mes chers souvenirs sont plus lourds que des rocs.[①]你的译文：

巴黎变了，但我的忧郁如故！
古老的郊区和新建的皇宫，
于我都成了寓意深长的画图，
而我珍惜的记忆比岩石还重！

"如故"却与原文分置第二行起头的 N'a bougé！口吻毕肖，波特赖尔幸遇如此知音（比较陈敬容："没减退分毫！"钱春绮："却毫无变动！"郭宏安："未减毫厘！"）！"故"这一去声韵亦力敌千钧。你对第二、三行作了变动。规矩的译法如陈敬容："新的宫殿、建筑架和房栊，/和古老的四郊，一切对我都成了寓言。"你省略了一些细节，而加强了感慨的表达，使整段诗读来一气呵成，仿佛是从你久被压抑的心底发出深长的叹息。

在同诗另一段中，你主观的投入却使主题向崇高提升：Je pense à la négresse，amaigrie et phtisique，/Piétinant dans la

① *Les Fleurs du Mal*, p.142.

boue，et cherchant，l'eoil hagard，/Les cocotiers absents de la superbe Afrique/Derrière la muraille immense du brouillars。你译成：

我想起一个患肺病的黑女瘦瘦，
踯躅在泥泞中，用憔悴的眼睛
在一片无际的浓雾之中寻求
高傲的菲洲，椰子树的逝影。

有的译者把 l'oeil hagard 译成“凶悍的眼睛”，[①]或“野性的眼睛”，[②]把这“黑女”和波特莱尔的情人让娜·迪瓦尔相联系。这样的理解和《天鹅》一诗的寓言化再现和对所有不幸者寄于深刻同情的主旨有出入。此词陈敬容未译，郭宏安译成“两眼失神”，而你把它译成“憔悴”，注入了一种悲苦之情。另一个更为关键的是原诗 la superbe Afrique 一词，各家译成“美丽非洲”“壮丽的非洲”等，不违原意；而 F.P. Sturm 的英译 proud（骄傲），[③]和 Francis Scarfe 的 noble（高贵）较为贴切。[④]但在你的笔下译为“高傲的菲洲”，则非同寻常。在“憔悴”和“高傲”的对衬中，这“黑女”的形象别具一种意义。或许

---

① 钱春绮译《恶之花》，《天鹅》注 3，页 218。

② 莫渝《恶之花泽析》，页 146。

③ *Flowers of Evil: A Selection*, eds., Marthiel and Jackson Mathews (New York: New Directions Paperback, 1958), p.83.

④ *Baudelaire: Selected Verse*, tr., Francis Scarfe(Baltimore and Maryland: Penguin Books, 1961), p.211.

这只能归因于你的被侮辱与被损害的政治处境：其中表达了你对恢复人的尊严的渴望，对剥夺人的尊严的抗议。

五

你的翻译致力于沟通现代和传统的断裂，但你不是一个传统主义者。风格对你来说意味着对美的追求，一种个人在历史中存在的显示。在波特莱尔翻译中，对于风格和传统的误导的显例是王了一的《恶之花》翻译。如他的《天鹅》有关段落："莫道巴黎变，/ 我心仍烦恼。/ 莫道宫殿新，/ 争奈市郊老。/ 一切象征我，/ 心烦不能好。/ 重如千钧杵，/ 直向心头捣。"[①] 这样运用古典诗的形式固然可看作一种有益的试验，但就其最成问题的方面来说，原文的句法和词意几乎被任意的肢解，如"宫殿新"和"市郊老"原是并置的，而译文使用了反意结构。另如套用"千钧杵"这类形同嚼蜡的古诗意像使原诗的"洋味"荡然无存。

这里"心"一词用得如此重复和浮泛，在波特莱尔诗中极其重要的"记忆"不复存在。这情况同样发生在该诗的末段："我心如号角，/ 旧情呜呜呜。/ 我魂迷森林，/ 不复识归途。""古老的记忆"被"心"和"旧情"涵盖。"流放"表达了诗人和资产阶级社会的"疏离"感，但被译成"迷"途不识返，根本违背了原意。

我们似乎只看到了五言、七言的躯壳，虽然仍能读到波特

① 王了一《恶之花》，北京：外国文学出版社，1980 年，页 182。

莱尔的心理和情绪，但诗人的心理和情绪所赖以表达的丰富意像被体现五、七言韵味的句法和词法所切割、所消解。失去的是《恶之花》的“震撼”效果，也失去了波特莱尔。

同样译波特莱尔，王了一在二十世纪四十年代，你在五六十年代，重合了历史和自我关系的吊诡，虽然结果不同。作为早年在清华院王国维门下受国学训练、谙熟中西诗律的语法学家王了一，在国仇家难交织困顿的时刻，以《恶之花》作为“佳诗”翻译，可谓慧眼识英雄。正如他的《〈恶之花〉译者序》所说的，大约这位“恶魔诗人”和抗战实在很少关系，这翻译当然亦只能“自娱”了。然而译者终究是借《恶之花》的蜜汁浇自己的块垒，使我们惊异的是旧诗格律这家传酒盅的特效。这旧体诗的形式与严复所钟情的战国盛唐的文体有性质上的不同，有趣的是这是一种改良式的五、七言格律，颇似黄遵宪、林纾式的“新乐府”，甚至有时像打油诗，实与《恶之花》的典雅风格不相契合。译者对于“神态活描摹”的自信，更确切地说是对于自己所选择的形式及其圆熟运用所带来的自信；所谓“莫作他人情绪读，最伤心处见今吾”，[①]译者所期待的与其说是波特莱尔更不如说是自我的凸显。

六

看来这一段得重写，临时改变了主意，常常是无可奈何的事。

---

① 王力《〈恶之花〉译者序》，见张谷编《王力诗论》，南宁：广西人民出版社，1988 年，页 241。

因为听到了另一种声音，尽管这声音是这么轻。原先是把你的翻译上升到理论，结果变成了自我投射的思想之旅，戴着你的面具。我说你在寻求一种“理想汉语”，把你的翻译境界编织成一幅海市蜃楼般的人文图景，试图和严复的“雅”的典律以及本雅明的“纯粹语言”捏在一起，作一种神秘的沟通。当然“五四”以来翻译理论的经验性或工具理性成了我批评的靶子。我的叙述应当进入高潮了，该论证的，该铺垫的，都已经就绪，于是金鼓齐发，毕其功于一役。为了不使我的读者太失望，这里姑录一小节。其余的内容，只能祈求你们的想象了：

“……然而你对波特莱尔的选择意味着个人恶运和某种历史力量的呼应，意味着对那个集体主义铁腕时代的反叛。或许正因为你的孤独和逆境，也造成了与众疏离之处。你在语言上寻求与波特赖尔的契合点，不仅和古典主义者相异，也和‘五四’以来所谓‘翻译体’和‘大众语’背道而驶。强烈的个人风格不仅得益于传统文学的涵养，而是首先基于你对中西语言差异的清晰认识。或许可以说，由于充分认识到两者本质的不同，“信”既是追求的目标，但不可能达到融合无间的地步。在这样的毫发间离之间，‘雅’这一自我风格的尺规却为你展示了汉语世界的迷人的可能性，即从汉语这一独特的表意和声韵系统挖掘其魔力。当这样的语言魔力被当代记忆所唤醒，如本雅明（Walter Benjamin）在《翻译者的任务》一文中所说，翻译者所完成的仅是翻译，而是对本国语言的再创造。……”[①]

本来，我们的“私谈”已经不可救药地掺入了过多的公共话语。这使我悲哀，尤其是当我如奥德赛凯旋的时候，却发现你的身影已经消失。

这样的临时改写无疑对我的文本和读者造成某种尴尬。幸好这不能算“开天窗”吧。为了重新找到你，我凿开了另一扇窗，在白垩如死的墙上。

一窗夜色。你渐渐重现。我的眼瞳放大，向前推移。窗框淡出，进入了夜色。

我们站近了。我们搜寻对方的眼睛，笼罩在如漆的黑色里。一线微弱的侧光，勾出你清瘦的面部。我们没听见什么，仿佛只有芦苇抖动。

我听到你的沉默。

最后我选定了这样黑白的处理。多年来搜集的一切有关历史记录的片段，一切戏剧性场面的设计，夸张的特写和剪辑，都显得累赘。

---

① 读者如果有兴趣，可参下列我原先所使用的材料：严复《〈天演论〉译例言》，见《翻译论集》，页 136—138；〈鲁迅和瞿秋白关于翻译的通信〉，《翻译论集》，页 267；贺麟《严复的翻译》，《翻译论集》，页 154；朱光潜《谈翻译》，卞之琳、袁可嘉等《艺术性翻译问题和诗歌翻译问题》，同上，页 447—455；654—666；关于翻译过程中不同语言和文化差异的种种理论问题，刘禾作了深入的讨论，Lydia H. Liu, Translingual Practice: Literature, National Culture, and Translated Modernity China, 1900—1937(Stanford: Stanford University Press, 1995), pp.1—42; Walter Benjamin, “The Task of the Translator,” in Illumination, ed., Hannah Arendt (New York: Schocken Books, 1968), pp.69—82.

一种历经提炼的风格，简约得近乎恐怖。

记忆失去了美感的愉悦，是因为失去了距离。伴随着记忆的，常常是一种年代的感觉。越是久远，越是怕它像涓涓细流，消失的松土里。

促成我改写的，也纯属偶然。稿子已经改好，还在电脑里，反正要到星期一才能寄出。我去哈佛卡宾特视艺中心看电影，纳波科夫的《萝丽塔》。早到了一刻，于是在门外抽烟。透过玻璃能看到大厅里灯火通明，新换了展品，是山端庸介的摄影展《长崎之旅》。照片再现的是 1945 年 8 月 10 日的长崎，核爆的第二天。大厅里没有观者，只见一个穿粉红上衣的女生，在一幅幅配上黑木镜框的“废墟”之间流览、逗留、穿梭，犹如舞姿。

电影没看成，我的票打满了孔，已经作废了。掏掏皮夹，钱不够，就作罢。想想也没什么。我看过录影，虽说银幕上的《萝丽塔》会看得更清楚，这电影拍得实在——远逊于小说。不能全怪导演，纳波科夫自己也是编剧。大约改成电影的时候，他的美国之旅已经功成名就，加一点减一点都不那么在乎了吧。

再说，翻译本身就好像减一个框子，或加一个框子。

七

这种文化的对比具有“震撼”效果：你细黄的手指夹着烧残的卷烟，跟我们谈到波特莱尔吸食大麻的“颓废”，眼神闪烁，犹如精灵；这时，从街上传来“造反有理”的口号声，游街批斗的打倒声，上山下乡的金鼓声。你在“文化大革命”中继续翻译波特莱尔，对生命意味着一种讽刺。

不完全是讽刺。你对“颓废”的理解似乎是最符合十九世纪欧洲文学的语境的“颓废”即为美，这样唯美的再现（representation），包括再现人性“恶”之美。如此辉煌而醉心的美，正如我能记得的（可能有误），在你最后一次给我们看却不让抄录的三首诗里，有这样的句子，可代表这种唯美的姿态：

让我沉醉一个美丽的谎，
进入你的眼睛，像一个梦，
在你睫毛的阴影里长眠。[①]

我想读出你的那个“颓废”的姿势和“文化大革命”的对照的启示。是的，当我们把有关恶的艺术再现视为恶本身，“文化大革命”把恶的行为视作美的再现。语言即暴力。这是一种历史的讽刺，含着血泪。

不过在当下“后现代”“世纪末”的时刻，波特莱尔看上去不那么“颓废”了。的确，我们仍然充满焦虑，不知下一个世纪朝哪个方向走，历史也似乎被宣称面临着终结。然而这世界变得更快，更眼花缭乱，展示了更多的空间。我们所喜欢的波特莱尔的形象变得朴实而清醒。如保尔·德曼（Paul de Man）所诠释的，他在内心世界和现实世界之间寻找“震撼”，

① See Semper Eadem, in *Les Fleurs du Mal*, p.66.

把他的内心冲突戏剧化。[1]另如本雅明笔下的波特莱尔，一个徘徊于巴黎大街和“天顶商场”之间的“闲逛者”（flaneur），对于市民的命运与商品的秘密作“辩证的想象”。[2]这些诠释或许是一种隐喻，意味着我们这个时代的多元、折中或明智。

你如果活着，或许会接受这样的波特莱尔，因为他活得更潇洒，虽然我们活得更平庸。

1996年6月26日初稿 10月26日修改于剑桥

（原刊《今天》，1997年第36期）

① Paul de Man, “Allegory and Irony in Baudelaire”, in *Romanticism and Contemporary Criticism*, eds., E.S Burt, Kevin Newmark, and Andrzej Warminski (Baltimore: Johns Hopkins University Press, 1993), pp.108—109.

② Walter Benjamin, *Charles Baudelaire: A Lyric Poet in the Era of High Capitalism*, tr., Harry Zohn (London: NLB, 1973).

怀念赵景深先生

“此情可待成追忆，只是当时已惘然”。每当我想起三十多年前跟赵景深师读书的情景，先生的和贵大气的仁者风范与那种“文艺复兴”式沙龙的人文氛围永久萦绕在记忆中，随着岁月的推移而愈增浓郁。

1979年夏天的一日，在上海近郊高桥的一个修船厂里，像平日一样我在工地上，突然收到一封信，是复旦大学中文系寄来的。通知我已被录取为研究生，但我所报考的唐宋文学专业已满额，问我是否愿意转到元明清文学专业，导师是赵景深和章培恒。这封信给我的人生带来转折，抬头烈日当空，头顶着蓝得不能再蓝的天，胸中翻江倒海。

在这家船舶修理厂工作了十一二年，大部分时间是个小“牛鬼”，那一年厂里刚给我作了平反，高校招生仍允许老三届以“同等学力”报考研究生。向来爱好文学，在“文化大革命”中读了一些唐诗宋词，因此报考时除了唐宋文学专业别无他选。后来听说我被录取，是因为我的外语成绩比较突出，为了给自己加分，在申请时附上了我的翻译和发表了的《卓别林自传》之类的材料。

先生给我们上中国戏曲史的课，每周六下午在淮海路上四明里他家的客厅里。听课不止我一个，师兄马美信是比我高一

1984年景深师与他的学生们（后排左起：王强、李平、彭飞、张中良、翁敏华、陈建华、江巨荣、朱建明、马美信）

届的研究生，还有李平、江巨荣这两位师兄，他们都在复旦执教，还有几位外校的。大家排排坐在长桌边，听先生开讲，原原本本从戏曲的起源讲起。关于中国早期戏曲的史料不多，如什么是“兰陵王”啦，“参军戏”啦，专家们各有说法，赵老引证史料一一加以辨析，章章节节都已准备了讲稿，细声细气的有时会讲两个小时，事实上那是他正在计划撰写的中国戏曲史。

其时正值大地回春、百废待兴的时候，戏曲研究领域中也是一派欣欣向荣的景象。先生年届八旬，体弱多病，然而满腔热诚，全副精神投入教学与写作，似乎在跟时间赛跑。的确，如果把他最后几年的生活起居与学术活动编排一下的话，其繁忙与多产令人肃然起敬，而那种乐观美感的人生态度更令人赞叹。他不光自己笔耕不辍，还积极整理旧著出版，对这些旧著他都要做一番修订补充，使之跟上时代，且字字要自己校过。为了推奖学术研究，先生与上海古籍等出版社合作编辑丛书或论文集，如为中州出版社编辑一套《中国古代戏曲理论丛书》，第一本是已故严敦易的《元明清戏曲论集》，他在编辑之余写了一篇长序，寄托其追怀故友之情。此时海内外前来赵府问学求道邀会请文者络绎不绝，凡有利学术的，先生是有教无类，有求必应。虽然他晚年着重戏曲曲艺方面的工作，和李平、江巨荣等规划长远，为培养人才不遗余力。我们也都知道，在现代文学领域里先生也卓有成就，如 1984 年上海书店影印《文学周报》，他为之写了出版前言，即显示其“活字典”作用之一斑，对这份二十世纪二十年代初文学研究会的重要刊物的来龙去脉了如指掌，而他自己也是主编之一。

最让人不可及的是先生对“俗文学”的提倡身体力行，二十世纪五十年代曾与师母在复旦大学演出《长生殿》，至今传为佳话。晚年赵师在家中与师母一起唱戏曲段子也是日常的家庭娱乐。作为“上海昆曲研习社”社长，也与社员一起交流切磋。

第一个学期结束，我写了一篇关于元代剧作家马致远的读书报告，赵老把他的评语写在一张文稿纸上，题为《陈建华〈陈抟高卧〉读书笔记评语》：

> 这篇文章行文流畅，能够看出这“隐居乐道”剧与“神仙道化”与“神头佛面”剧区别开来，并引青木正儿在《元人杂剧序说》中的判断为据，这是好的。
>
> 作者还引用了《宋史》和套曲《六艺》，以及科学院《中国文学史》，可以看出作者是费过一番气力去考证的。
>
> 作者最好的评论是在于陈抟在第三折对宋帝所说的话，认为不下于关汉卿《窦娥冤》。作者再以《秋思·百岁光阴》相比，又引了《陈抟高卧》对于白象笏与紫罗袍的嘲讽，这些都说得很好。
>
> 但作者对于其他“神仙道化”剧的引述，未免枝蔓，且未举例，不能说服读者。不如局限在这“隐居乐道”剧《陈抟高卧》为好，故改。
>
> 最后陈抟一睡就是“百日不起”，这本是传说如此。我认为这也可以说这是陈抟好的地方，是消极的不与元朝皇帝合作的暗示。晋朝阮籍就是以酒醉不醒来辞掉皇帝以

在景深师家中（我在左边角落）

婚姻来笼络他的。总的来看，作者是优点大大地多于缺点。

先生目力很差，看书要贴近纸面，在这张五百格文稿纸上，每格一个糯米汤圆般的蝇头小字。短短的评语朴质、平易、实在而意涵丰富，宛现先生春风和煦的神态。后来听课的多至十多人，有时也可见到陈多、徐扶明、蒋星煜等，都是戏曲研究的知名学者，对先生皆执弟子礼，或带来他们的新作，我也有幸得到馈赠，看到“建华同志指正”的字样，我这个毛头小子的脸上红潮泛起，所生的激励之情可想而知。

这是一个充满家庭气息的文艺沙龙，同门师友皆以谦谦君子为尚，天冷时师母有时给先生披上一件外套，或给他端来一碗参汤。最难忘的是有时昆剧团的曲友来访，丝竹声中他和师母来上一段。在我的照相夹子里有一张照片，记得那天下午的盛会，来了好些昆剧团的大咖，先是先生念了一篇稿子，站在台前唱曲的好像是张洵澎先生，第一排坐着先生和师母，先生旁边是俞振飞先生。

每想起景深师，就会想起有一回他在课上对我们语重心长地说，做学问须具备“五心”——爱心、专心、细心、恒心和虚心。这些话也见诸1982年的《中国戏曲初考》的跋语中：爱心即对古代戏曲须有一种炽烈的挚爱之心；专心是坚毅不拔的志愿；细心即对待材料须心如发丝，不经过一番仔细的考核就不轻易下结论；恒心即锲而不舍的精神；虚心就是向同好们请教，取长补短。这“五心”也是先生一生治学的自我写照。我在复旦读书，感受最深的是当时朱东润先生、蒋天枢先生等老一辈学人所体现的朴实学风，景深师也十分强调实证研究，我想这也是反对假大空作风的一种共鸣吧。

1982年我硕士毕业，被分配到复旦分校工作。像往常一样每到周末就去四明里拜谒先生，聆听教诲。1984年第一次在《复旦学报》发表文章，是一篇关于元末杨维桢与戏曲方面的考证，先生看到了对我勉励有加。该年年底，先生又招博士，与章培恒先生合带，于是我重回复旦，不意先生在12月10日上楼时失足跌倒，送医院后不到一月溘然长逝。此后跟从章师读完博士，1988年底赴美，一去便十数年，至2002年夏回到香港，在科技大学开始任教。

二十世纪九十年代大陆起了翻天覆地的变化，学界文坛也如是，而我在大洋彼岸，虽有隔海之叹，于事于情却不免有隔膜。就在2002年正值先生百年诞辰，复旦大学举办了追思会，我也茫然无闻。几年之后我在科大图书馆看到李平和胡忌编辑的《赵景深印象》一书，收入学生亲友们的纪念文章，顿觉自己的缺席好像心头划开一道伤痕。读到书末附录《赵景深先生最后100天日记》，其中有十多处提到我，历历往事一一浮现。如1984年9月1日："希同预约他（黄强）陪我到复旦开博士生出题会。"9月3日："又写了一封信给章培恒，问他何时要我参加出题目。"9月5日："又写回信给章培恒，答应他和李平星期日到我家来。"9月9日："章培恒和李平来。我拟了几个题目，章、李作了决定。"9月15日："七时三刻李平乘小汽车接我到老教学楼底层。章培恒、李平和我共同口试陈建华、赵山林、李宗为。"

这部分日记即有关我读博士之事，半个月里从出题到口试，先生已八十二岁高龄，犹在操劳奔波。日记里多次提到新组成的“戏曲组”，我是成员之一，如11月3日：“李平、江巨荣、马美信、陈建华、黄强、彭飞、朱建明、翁敏华八名戏曲组成员到齐。”虽然先生已经写完《中国戏曲史》，但他十分慎重，不愿拿出去出版，于是组成一个团队，正准备带领我们大干一番，写一部大的中国戏曲史。我手头的一张“赵门弟子”的照片，差不多摄于那个时候，除了上述“八名”之外，还有一位热爱戏曲的张万良。

12月9日，即日记的最后一天，有“陈建华谈《花笺记》”这一句。那时我在点校整理明末清初的一本被称为“第八才子书”的广东木鱼书《花笺记》，先生把他收藏的三种版本借给我，并指导我如何进行整理研究。先生过世后我继续这项工作，把整理书稿连同一篇序文交给中州古籍出版社，一直没出版，后来因为在国外，时间久了也就不了了之了。

《赵景深印象》中有章培恒先生在追思座谈会上的发言记录，说到“先生去世之后，师母遵从其遗愿把他的藏书捐赠给复旦，并从复旦颁发的奖金中拨出二万元作为培养有志研究元明清文学的年轻学子的奖学金”。我是第一个获得者，以博士论文《明代江浙文学论稿》荣获“赵景深学术奖”，奖金一千元，在当时是个不小的数目。

读着读着，我百感交集，也深感歉疚。后来有一次我在复旦参加古籍所的一个学术研讨会，在晚宴时见到李平师兄，我玩笑似地说那本纪念赵先生的书里没有我，你们把我忘了。师兄连连向我道歉，但事后觉得自己简直荒唐，即使身在海外，也不曾主动和他联系。师兄的宽容令我感动，遂思及如今他长卧病榻，不禁神伤。

先生给我们上课不提他在现代文学方面的成就，近年来我因为常常翻阅民国报刊，对先生的了解多了起来。他集翻译、创作、编辑出版于一身，著作多达150种，这些为人所知。在我个人的体悟中自1918年他即在《少年杂志》上发表《国王与蜘蛛》等，1922年《晨报副镌》上的安徒生、王尔德的童话，又与周作人反复讨论童话问题。先生初涉文坛便对童话的浓厚兴趣，不啻是其一生童真性情的寓言，与他的“五心”一起得加上“童心”——平淡、善良而真诚，始终保持着他的一颗“赤子之心”。

中国小说丛考
赵景深著

中国小说丛考
赵景深
齐鲁书社
一九八〇年·济南

景深师赠书（1981）

先生几与“五四”新文学运动同步，数十年纵横文坛，交游之广如海川百纳，而为人处世以谦恭为本，如对于徐志摩的“提携”之恩没世不忘，在《文人剪影》《文人印象》等书中道及百余当代作家，无不扬人之长，尤其对于鲁迅先生一向称颂备至，敬重有加。可叹一句对他不无意气的“牛奶路”的批评成为某些人轻薄讥笑的口实，先生则反躬自省，至晚年当鲁迅被请下神坛之时，仍一如既往，在《中国小说丛考》《文坛回忆》等书中，对鲁迅的“指导、教育和支持”反复致意，如此虚怀若谷的态度，完全出自一片至诚，正所谓“本来无一物，何处惹尘埃”，若不是以慈悲为怀，何能臻此菩提境界？二十世纪三十年代之后先生转向小说戏曲的研究，不限于古代经典，凡是地方戏曲、民间曲艺皆一视同仁，研究整理中无不倾注其心血，且优孟衣冠，躬亲实践，真正体现了伟大的平民精神，这也是先生留下的一股精神动力，鼓舞我们前行，生生不息。

2016 年 12 月 11 日于上海

（原刊《文汇学人》，2016 年 12 月 16 日）

魏斐德、周策纵、王靖宇、沟口雄三：漫漫求学路上，我与大师们的交往

四十年前某个下午的陈安安家里，好像是深秋，在淮海路上一条新式里弄里。这里在二十世纪七十年代中期最为热闹，我们一伙有时多至十余人每周聚在一起自学英语和法语。不过最近大家很难聚在一起，社会好像突然活了过来，纷纷在找出路。我也是，我的英语老师安老师叫我去他的英语班上去上课，把我介绍给某个科研单位，看看能否调到那里做个翻译人员。

那天下午是安安临时召集的，只有三四个人，说他准备考大学，问我们是否愿意和他一起突击复习英语。那时像我们老三届的可以以“同等学力”直接报考研究生。我虽然同意参加，心里却嘀咕，那一年刚恢复高考，我也参加了，却名落孙山。想想自己是负罪之身，所以没抱什么希望。

大家心里都没底，突然安安说他会算命，要知道我们的八字。纯粹是好玩，我报了出生年月。也不知他怎么算的，说我“要走远路”。我觉得好笑，一脸茫然。所谓八字还得包括出生的时辰，我也闹不清，就大约说了自己是在早上生的。

后来我出国，在大洋彼岸十四年。这么说“要走远路”也没错，当时怎么也对不上。

1979 年秋天某个下午，我在浦东高桥的工地上。突然收到

一封信，是复旦大学寄来的。信里说我的研究生考试成绩优异，学校决定录取。但是报考的“唐宋文学”专业已经额满，问我是否愿意转到“元明清文学”。我一看就晕了，把这句话反复念了好几遍。虽然没有像范进那样狂呼“我中了！”只觉得整个下午像个梦游者。

所谓“时来运转”对我来说不免轻巧。其实我的命早就定了。1964 年初中毕业我报考了松江二中，是上海顶尖中学，那一年开始讲家庭成分，我的家庭成分是小资，分配进了属于交通部的航务工程学校。1968 年分配到船舶修理厂，第二年年底在“一打三反”运动中被揪出来，罪名因为在“文化大革命”中和一些人作诗，包括我脑袋里的“封资修”思想。在“学习班”关了两个多月之后回到厂里，头上戴了顶“政治错误”的帽子，就是个小“牛鬼蛇神”。那回尼克松访华，和“黑五类”在一起，不能随便走动。航校学生像我那样有好多个，直到 1979 年我们被“平反”，才为我报考解除了后顾之忧。

1988 年 1 月我在复旦大学获文学博士学位，11 月赴美国加州柏克莱大学比较文学系做访问学者，此后又在加州洛杉矶大学、哈佛大学学习，2002 年至香港科技大学任教，2013 年荣休后回到上海，先在上海交通大学，今年受聘于我的母校复旦大学。四十年来个人命运与时代风云相沉浮，经历了不少变故，但未离开大学校园，未离开书本与学术，回思自己别无所长，至今尚能读书作文，一直能做自己喜欢的事情，也可说是足慰平生了。

关于我的海外求学游学的经历，以前陆续写过一些回忆和怀思性质的文字，如韩南先生、诗人纪弦先生等。最近偶翻旧物，见到许多信件，当日情景历历在目。身在大洋彼岸，心系故园，来自亲人师友的慰问与勉励，也结识了不少域外新知，谈诗论学，皆铭记难忘。那时仍是信笺书写的时代，而进入新世纪之后，鱼雁往返越来越少，乃至完全被电邮所取代，不免令人感慨系之。这里回忆几位已经逝去的师长，也反映我的思想与学术的一些片段，借以纪念。

在美国，最初在加州柏克莱大学，前后约三年。我的硕博都是在复旦读的，专业是元明清文学，因此出面邀请我访学的是比较文学系白芝（Cyril Birch）教授。我去他的办公室拜访他，那时他是系主任，一个温厚长者，翻译过不少明清小说，译笔醇正，最饮誉学界的是翻译了全本《牡丹亭》，对于中国古典的学养殊为精深。一听我说起在戏曲方面我的老师赵景深能登台唱戏，他眼中便显出敬仰之情。他问我打算作什么研究，我记不起当时是怎样回答的。一般来说，访问学者应该有具体的研究计划，得到指导或一起合作。但那次我好像含含糊糊的，不清楚具体要做什么。说实在我的出国是很仓皇的。我的前妻早在一年前去了旧金山艺术学院专攻绘画，我在博士毕业后本来是申请去探亲的，后来她通过一个美国朋友的帮助替我联系了白芝教授，于是我得到了柏克莱大学的邀请。不过，那次礼节性拜访还是愉快的，白芝教授告诉我他就要退休了，如果帮不到我什么忙，希望我能喜欢柏克莱。现在想起来不知他是否对我有点失望，就不得而知了。

其实一到柏克莱，我的心就散了。每次从旧金山去柏克莱，一出地铁口就兴奋莫名。校园没门，与城市连成一片，过马路便是电报街，有的是书店、唱片店，披萨店、骷髅图案的服饰店、嬉皮士T恤衫，洋溢着一种另类的气氛。学生们自由自在，与衣衫褴褛的无家者称兄道弟，拍拳击掌，为了保留附近的一个小花园，他们一起搞抗议活动，犹有二十世纪六十年代末叛逆的遗风。

学问上我挺忙。第二年我转到中国研究中心，挂名为研究员（research fellow），能免费借书和复印。柏克莱的东亚图书馆有不错的日文库藏，有一阵专门收集日本学者关于中国明清时期的研究，文学、经济、文化方面的都有。于是把那些书借出来，捧到中心去复印。那时对思想史大感兴趣，非常钦佩曾在柏克莱任教的列文森，我到的时候，他已经亡故二十年了。他对于近代中国的研究富于真知灼见，被称作“莫扎特式的历史学家”，大概是兼有天才与高超技艺的意思，因为壮年早夭，人们提起他如同一段令人神往的传奇。在国内就知道他的名作《儒教中国及其现代之命运》，现在能读到原文，还有他的《梁启超与近代中国思想》，喜何如之。从他的著作读到有关“革命”一词是从日本借来的，与中国本来的意义的差别，对于我后来研究“革命”话语颇有启发。

我去历史系听魏斐德教授的课，他是列文森的学生，慕名而去，却着了迷。他身材魁梧，穿着随意，眼神深邃而和蔼，在他面前会感到一种被慑服的力量。那时他的两厚本《洪业——清朝开国史》出版不久，名声如日中天。他的《历史与意志》一书更令人惊讶，那是一本二十世纪七十年代写的探索毛泽东哲学思想的著作，与他讲究严谨运用史料的作风不同，而是激情奔放，天马行空，奔驰在中西思想的经纬交衢之间，忽而康德，忽而王阳明、黑格尔，纵论伟人的过去与将来，似乎在扮演一个历史的先知。

像其他大教授一样，一学期两门课雷打不动。在箱底发现魏先生在 1989 年秋季的两门课的课程表，本科生的一门是“帝制与现代中国史”，研究生一门是“帝制与现代中国史料研究”。本科生课以讲授为主，研究生课侧重讨论，每周讲授或讨论的主题、阅读材料写得清清楚楚。在国内上研究生课一般是导师面授机宜，自己找材料作研究，因此初见这种上课的仗势觉得有点吓丝丝，这么多书这怎么读得过来啊。后来跑到哪里都一样，方明白这种教育机制跟工业革命以来的生产方式如出一辙，是一个模子里形成的。

虽然我英语有些底子，听课还是一知半解。但是课程表开列的书单于我十分重要，当然全是英文，仿佛一下子推开窗户，知道那些关中国帝制时代以来主要是政治史与社会史方面的重要著作。还有一点我认为也是和长期形成的学术机制有关，书单是选择性的，像历史著作一样，都贯穿着客观的评判标准。基本上每一本书代表某一领域，带有某种权威性，这跟从研究、出版到书评的层层把关是分不开的。换言之，从书单反映出一个以共享人文价值和学术规范为基础的学术共同体。

我萌生了读书的念头，想跟魏先生学。跟他有过几次接触，总得到他的鼓励，因此和他谈了我的想法，他表示支持，为我写了推荐信，但是没能成功，而去了洛杉矶加大。李欧梵先生

UNIVERSITY OF CALIFORNIA, BERKELEY

BERKELEY • DAVIS • IRVINE • LOS ANGELES • RIVERSIDE • SAN DIEGO • SAN FRANCISCO  SANTA BARBARA • SANTA CRUZ

INSTITUTE OF EAST ASIAN STUDIES
2223 Fulton Street
Telephone: (510) 642-2809
FAX: (510) 643-7062

BERKELEY, CALIFORNIA 94720

March 3, 1993

Chen Jianhua
3258 S. Sawtelle Blvd, #2
Los Angeles, California 90066

Dear Chen Jianhua:

Thanks so much for keeping me posted about your scholarly work in Los Angeles, and about your paper on the "mystique of revolution" earlier in the century. If you have time to rewrite the paper in English, I would very much like to see it. Your description of its contours was most interesting.

Thanks also for sending me your book on social consciousness and literature. I have put it on the top of the pile of works-to-read-next on my desk and hope to get to it as soon as I finish a long overdue review for the *New York Review of Books*.

Sincerely,

Frederic Wakeman

Frederic Wakeman
Director

FW/cjl

魏斐德先生信件（1993年3月3日）

刚去那里，给了我机会。在洛杉矶我每年都收到魏先生的新年贺卡，他是中国研究中心的主任，以中心名义给寄贺卡多半属于常例。到洛杉矶的次年我也给他寄了贺卡，他却给我写了信，说感谢我的贺卡，知道我被洛杉矶大学录取而感到高兴，相信我会做得很好，并希望得知我更多的消息。以中心主任署名的几行字短信也具公文性质，却使我感动。后来有几次我把新写的论文寄给他，向他汇报我的学业，他都给我回信，都勉励有加。1993 年 3 月在收到我的关于明代江浙文学的论著后说他已把此书置于案头，等完成手头早就答应的给《纽约书评》的一篇书评就会读我的书，同时他对于我的一篇关于中国“革命之谜”的文章感兴趣，希望我能用英语写出来。1994 年的一封信比较长，说从我给他寄的三篇论文看出我读了不少西方理论且在方法的运用方面达到某种深度，同时对我的一篇关于清末思想中“群”的概念的文章表示兴趣，提醒我关注更早的有关论述。他得知我即将去哈佛读书非常高兴，希望我和他经常保持联系，并告诉我他正在进行的上海三部曲的研究。此后是 1997 年我给魏先生寄了两篇文章请教，一篇是关于周瘦鹃主编的《半月》杂志的研究，是有关“鸳鸯蝴蝶派”文学的，他说“极为复杂”（extremely intriguing），大约是一种委婉的不予置评的意思。另一篇是发表在《读书》上介绍列文森的，他觉得“思虑周详”（very thoughtful）。

最后一次见到他是在一次亚洲年会上，他坐在轮椅上，我向他问候，他微笑点头。很可惜，因为一次手术伤及左腿神经，以致不能站立，2006 年因病逝世，还不到七十岁。虽然我和他

UNIVERSITY OF CALIFORNIA, BERKELEY

BERKELEY • DAVIS • IRVINE • LOS ANGELES • RIVERSIDE • SAN DIEGO • SAN FRANCISCO  SANTA BARBARA • SANTA CRUZ

INSTITUTE OF EAST ASIAN STUDIES
2223 Fulton Street
Telephone: (510) 642-2809
FAX: (510) 643-7062

BERKELEY, CALIFORNIA 94720

June 14, 1994

Chen Jianhua
3258 Sawtelle Boulevard, #2
Los Angeles, California 90066-1648

Dear Jianhua:

I enjoyed all three of your papers, and was especially impressed by the high degree of methodological sophistication you displayed. You certainly must have been doing a lot of serious reading in Western social theory these past couple of years!

We probably have focused too closely on the concept of *qun* toward the very end of the 19th century, and need to know more about its meanings and connotations earlier. Your essay on "mass man" is a good start.

I am delighted to hear about your Harvard plans, and hope that you will write me from time to time to let me know how things are going.

This semester, I am on leave, but due to return to administration and teaching in July and August. I spent a brief stint at the National Humanities Center in North Carolina this spring, where I managed to finish a little book on Shanghai's "badlands" (*daitu*) under Japanese occupation. My book on the Nationalist public security bureau, called *Policing Shanghai 1927-1937*, will be out in November or December of this year.

I hope this finds you as well as your letter indicates. Do keep in touch.

Sincerely,

Fred Wakeman

Frederic Wakeman
Director

FW/cjl

魏斐德先生信件（1994年6月14日）

接触不算多，始终能感受到他的坦诚与宽厚，对我的支持和鼓励，正如至今读他关于中国十七世纪明清交替“危机”的论述，其宽广的全球视野，由深厚经验研究而作出中国思想与政体连续性的结论，力纠由于“资本主义萌芽”而造成断裂的看法，在在显出那种大气开合的襟怀，令人难以忘怀。

在旧金山一次酒席上认识了王靖宇先生，仪态儒雅，十分谦和。他是斯坦福大学中文系主任，中国文学批评方面的专家。意外的是，1991 年 7 月里收到他寄来的一份邀请函，说将在次年 6 月在斯坦福大学召开一个小型的题为“清代文学批评”的研讨会，希望我能参加。这封邀请信用打字机打的，信纸上贴着一张小字条，是王先生的钢笔手书：“建华兄：这是给大家的‘公信’，但开会细节都在里面，很盼兄能来助阵。王靖宇附上。”这使我非常激动，自己读完博士不久，可说是初出茅庐，但王先生这么抬爱我，既受宠若惊，又觉忐忑。不过信里说会议要求提交论文，用中文或英文都可，而且说会议尽量多使用中文，论文还可能以“双语论文集”（bilingual volume）的形式出版。我考虑再三，觉得既然能提交中文论文，有一年多时间可做准备，于是就决定接受邀请。

多半通过魏斐德先生的书单的引介，接触到海外对于中国现当代政治与社会方面的论著，尤其关于二十世纪中国“革命”的研究，加之不久前国内发生的巨大变故，想到自己过去的经历，“革命”如梦魇挥之不去。怎么理解中国“革命”？这问题不断盘缠于脑际，“革命”的意义是什么？我的兴趣更集中在语言及其历史考证，我想这是别人没有做过的。原来在复旦

STANFORD UNIVERSITY
STANFORD, CALIFORNIA 94305-2034

DEPARTMENT OF ASIAN LANGUAGES
(415) 725-2742

建华兄：
这是给大家的"公信"，但开会细节却已要定，很盼兄能来助阵。
王靖宇 附上
7/23/91

Prof. Chen Jian-hua
c/o Center for Chinese Studies
2223 Fulton St., Rm. 505
Berkeley, CA 94720

Dear Jian-hua:

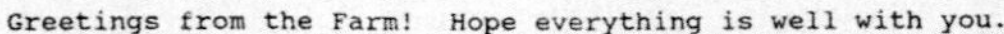

Greetings from the Farm! Hope everything is well with you.

I am writing to see whether you may be able to participate in a small research conference on literary criticism of the Ch'ing period by presenting a paper. The conference will be held from June 15-19, 1992 on the Stanford campus. Funding is coming from Taiwan. In order to accommodate more participants from there and other parts of the Far East, we will try to use Chinese as much as possible during the conference even though papers may be written in either English or Chinese. We also hope that a bilingual volume may be published afterward.

As for the topic of your paper, it could be on an individual critic, a specific work, or some aspect of literary criticism of the period as a whole. Once you have a topic, however, please let me know as soon as possible. A discussant will be assigned to each paper. In order for the person to have enough time to do his/her work properly, the paper should be sent to me at least one month before the conference.

It would be great if you could join us for what promises to be a congenial as well as interesting scholarly gathering. Your round-trip airfare (economy class) and room and board during the conference would be taken care of. Please call me if you have any questions. I can be reached more easily at (415) 493-0690. I leave for the University of Hong Kong on Sept. 1 for another quarter of sabbatical. By then I hope the organization of the conference can be well under way.

With best regards,

Sincerely,

John Wang

John Wang

王靖宇先生信件（1991 年 7 月 23 日）

做过梁启超与晚清“诗界革命”的硕士论文，链接到胡适关于“诗界革命”的论述，发现“革命”一词自晚清以来受到日语与英语的影响，在胡适的使用中出现暧昧而复杂的情况。结果我提交了《晚清“诗界革命”与文化焦虑——梁启超、胡适与“革命”的两种含义》的论文。

胡适和梁启超一样，在使用“革命”一词时对于中国传统“革命”的暴力倾向含有恐惧与抵制，而竭力使之嫁接到“改良”或“维新”的意涵，我把这种如临如履的心理称之为“文化焦虑”，似乎蕴含着我对于“革命”的某种价值评判。的确，在大陆的教育环境里深受“五四”激进主义的熏染，正是在海外能对中国革命取一种距离观察，才能够逐渐摆脱激进的思维模式，此即我后来所作的一系列“革命”词语研究的基本动力。在写这篇论文的过程中，我已经入学于洛杉矶加大，所选修的李欧梵先生的中国现代文学的课和埃尔曼先生的明清思想史的课，多少带有后现代的反思或解构的气息，也多少影响到我的“革命”研究。

次年2月收到王靖宇先生的信，对我提交了论文表示感谢，并正式邀请与会。5月收到会议议程，包括参会的学者名单及论文目录，汇集了Richard Lynn，周策纵、杨松年、单德兴、李家树、黄兆杰等十余位欧美、新加坡和港台地区的一流学者，而我则代表复旦大学，顿感压力。在斯坦福那几天不啻经历了脑洞风暴，每篇论文宣读后都有指定的学者作点评，我也评点一篇论文。给我的论文作评论的是周策纵先生，获得他的肯定，我松了一口气。不过有一点印象深刻，在自由讨论时，单德兴先生对我的论文题目中的“文化的焦虑”提出问题。认为在文学批评领域广为人知的是布鲁姆关于“影响的焦虑”的理论，指作家所处文学传统的压力而言，我这么使用“焦虑”不免含糊。的确，我是“文化焦虑”含心理意义，与文学创作无关。然而这个问题令我明白在命题中已经涉及理论话语，若做一番调适的功夫是更为恰当的。

通过这次会，我体验到一个学术会议的整个流程，而王先生的细心和敬业的精神给我留下深刻印象。从邀请、正式邀请、会议议程、担任点评的文章以及由秘书寄来的交通与住宿的安排等，皆井井有条，一一来信关照。会议之后在编辑论文集的过程中也数次来信，从规定论文修改时间到最后落实到在香港大学出版社出版，还附言说：“建华：我在考虑将我们的论文集献给从前的 Cornell 的一位老师，已九十高寿的 Prof. Harold Shadick，不知你意下如何？”王先生那种谦虚、尊重他人的品格非常难得。我的论文近三万字，觉得是否太长，他却决定全文收入，这一点也使我非常感动。

从这次会议我学到很多，会议论文涉及清代文学批评的方方面面，无不是个案研究，学者们学有专长，无不体现了踏实、精研的作风。更重要的是王先生的会议设计，以中文为主要语言，最后作为双语论文集出版，这种做法呼应了北美人文学界提倡多元文化的潮流，而在当时还是相当超前的，且在斯坦福名牌学府举办这样的会议，更具深刻意义。其实在王先生的批评实践中，如对《左传》《史记》的叙事的研究，强调中国文学与文化的自身传统及其特征，而反对生搬硬套西方的叙事理论，明确体现了他的文化认同的意识。

王先生曾在香港科技大学担任过三年的人文学部主任，2002 年我去那儿教书时他已经离开。我的一些同事常常提到他的为人，谦虚、公平，不管谁都一视同仁，几位来自大陆的对他尤其感铭在心。

我把王先生的《金圣叹》一书推荐给对金圣叹素有研究的我的复旦的导师章培恒先生，大概也同王先生对我的提携有关，便邀请他去复旦古籍所讲学。王先生致书与我，表示对章先生的感谢。后来他们一拍即合，互相进行学术交流、合作办会和出版，成果卓著。如所里谈蓓芳教授赴斯坦福授课讲学，后来把《金圣叹》一书译成中文，由于补充相关文章更名为《金圣叹的生平及其文学批评》，以中英对照本由上海古籍出版社出版。章先生在序文中阐述此书在大陆出版的意义，指出王先生将实证研究与运用西方文学理论相结合，对于中国文学研究堪称典范。王先生在自序中回顾自二十世纪七十年代他出版《金圣叹》之后，大陆学界见证了金圣叹从“反动文人”到被肯定与赞赏的历程，尤其是此书能以双语本出版，与他在美国的做法异曲同工，自然更为欣喜。2012 年在章培恒先生逝世周年时，王先生来复旦古籍所为“章培恒讲座”作了《从〈左传〉到〈史记〉》的演讲，我见到他非常高兴。他说他近年身体不如前，很少参加会议，这次为纪念章先生而不辞远行。

今年 8 月王先生仙逝的消息传来，我不禁怅然若失，感念无已。

在斯坦福参加会议之后，我与周策纵先生有过几次书信往

STANFORD UNIVERSITY
STANFORD, CALIFORNIA 94305-2034

DEPARTMENT OF ASIAN LANGUAGES
(415) 725-2742

建华：

快信寄来的最后修订稿收到了，十分感谢！

港大出版社有兴趣代出专集，但需要读者审核后，才能决定。万一有问题，吴宏一先生（因眼疾未克前来参加讨论会）答应代为在台湾找出版社出版。结果如何，我会向大家报告。

匆此，即祝

学安

王靖宇上
9/10/92

卫星前请代致意

王靖宇先生信件（1992 年 10 月 9 日）

来。周先生著作等身，在二十世纪六十年代初出版的《五四运动史》一向被视为经典之作，是中国研究的必读书之一。在斯坦福会议之后我寄给他一张新年贺卡，他回信说："十一月二日自沪回家，在家跌伤膝盖，现已在痊愈中，可以步行了。谢谢你的年片。"随信附上一页红纸，是他自制的非常别致的一张"年片"复印件，上面有中文"吉羊"，英文："Thinking of you and wishing you the very best always."下面署"周策纵、吴南华同贺"。还有一首亲自用小楷书写的《扬州慢》：

今年暮秋，予应邀出席扬州第三节国际《红楼梦》研讨会，寓西园宾馆，邻天宁寺，曹寅故地也。会间访个园，探汉代广陵王墓木，惊识"黄肠题凑"之制；放舟瘦西湖，过二十四桥，复车至金陵随园故址，亲预曹雪芹塑像揭幕典礼，嗣又品尝红楼宴，听南京昆曲苏扬评弹。于时西风动云，芳草已碧，盛席之余，不禁有感时之作焉。

北固山危，瓜州渡急，维扬是处如诗。感名园翠竹，吊古墓黄题，记前劫，飘风铲地，晚花零落，犹剩残枝。暮云沉，萧索微凉，欺薄秋衣。

盛筵对酒，访红楼，歌绕惊疑。伴南国潇湘，芙蓉豆蔻，瘦舞腰支。郁郁约人垂柳，伤心绿，淡月争迷。想清盈湖水，年年无奈当时。

周先生是海内外公认的红学巨擘，有《红楼梦案》等著述，曾任国际《红楼梦》研究会主席，1980年首届《红楼梦》国际

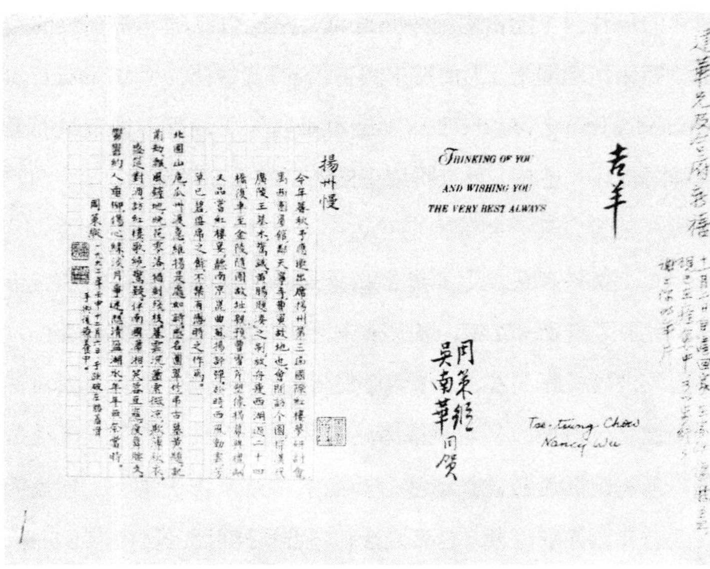

周策纵先生贺年卡（1993 年底）

学术研讨会就是在其执教之地威斯康星召开的。1992 年他参加扬州召开的红学研讨会之后写了这首词，已 76 岁了。词中记叙他游历扬州、南京等地，在袁枚、曹雪芹等故地抚今叹昔，不胜感触。所谓“记前劫，飘风铲地”，虽然身在异域，却心心念念故园春秋，重睹文物盛衰之迹，能不惊心。“盛筵对酒”之时潜入红楼梦中，凭吊“潇湘”“芙蓉”，所谓“风流总被雨打风吹去”，流露出一种苍凉的历史感，且遣词造句十分讲究，使用典故浑然无迹。我去信谬做解人，周先生回信说：“承过奖《扬州慢》，实不敢当，近已改易数字，兹随函将改正之片寄奉，仍请哂正。”仍是原来的红卡，而将词作重新抄过，字字工整，改动的大多为各句首字，如改为“怨名园翠竹”“痛前劫”，加强了情绪的深沉感，的确，其中寓有风人之致，然出之以情，婉约蕴藉，端是词家正宗。

那时我写新诗，刊登在北美或国内的报纸杂志上，因而寄了几首给周先生。他说：“你的新诗别具风格，不知何故，我较喜欢《情人节礼物》，那一首较有张力感人。”那是描写一个在餐馆打工的小伙子，情人节不能与爱人在一起，只能送她一个“钻石般的吻”作为礼物。大约因为比较有生活气息，得到周先生的称赞。

有一回周先生说：“蒙你把我叫‘老师’，实在不敢当。你太谦虚了，我却受之有愧也！”那时不像现在，作为弟子才可叫“老师”。说实在，周先生足足大我三十岁，德行兼备，高才博学，于我不能亲接謦咳为憾。他先后给我寄了近三十首诗，大多是旧体，发表、未发表的，大可做我大学习教材。如新诗《杜

THE UNIVERSITY OF WISCONSIN
Department of East Asian Languages and Literature
Van Hise Hall
1220 Linden Drive
Madison, Wisconsin 53706

建華博士如握：

收到惠贈大著《中國江浙地區十四至十七世紀社會意識與文學》，至深佩感。尊著取材豐富，分析精細。（決不如來函所云"寫得較粗"也。）我因目前正忙于趕寫數文，只選讀了數節，已受益不少。容當再讀。（香港中大約我為其建校三十周年作講演，在三月中，故正在趕寫講稿。）

承过奖《揚州慢》詞，实不敢當，近已改易數字，茲隨函將改正之片寄奉，仍請哂正。匆祝

著祺

周策縱 書

2月8日，1993

周策纵先生信件（1993年2月8日）

甫的秋天》这一首："并不是枫树喝醉了自己 / 是我羞它 / 没有扶苏这一时代的忧患 / 所以山河花草都哭出血来了。"仿佛借魂于诗圣，抒发一片感时忧国之情，字字血泪。最后："我的赤心就是红叶 / 秋天把我烧了 / 于是我活了这一瞬 / 我成为上古，成为未来 / 落叶洒在夕阳上 / 一点怨声也没有。"从中可见周先生一片至诚精光，令人感动无已。许多旧体诗中不乏与各地友人唱和之作，如杨联陞、王元化、程千帆、劳思光等皆为华人之荣光，中国文化之支柱，由这些作品可见周先生那样的一代学人，传承古典，精于西学，皆以保存国粹为担当，且致力于将中华文化融汇于世界文明，而通过同人唱和加强感情的纽带，也属于文人传统的表现，由是看来前辈风范真难以企及，可愧也已。

1993 年秋沟口雄三先生应埃尔曼先生之邀在洛杉矶加大讲学，开一门关于中国思想史的讨论课，我和来自大陆的一些研究生也参加了。沟口先生执教于日本东京大学，以中国思想史尤其是宋明以来的思想史研究称雄学界。在柏克莱时期我已接触到岛田虔次和荒木见悟的关于中国思想的研究，便十分佩服，但是沟口先生与他们不同，仿佛带来一股旋风，给我们很大的震动。对中国思想的诠释一方面明确批判"欧洲中心论"，另一方面强调中日之间的比较，这种宽广的国际视野代表了日本新一代研究范式的转换。

美国的大学东西海岸的学风不同，一般认为东海岸以哈佛、耶鲁等所谓"常青藤"大学为代表，学风比较保守，西海岸则以加州州立大学系统为主，较为激进而具挑战性。其实二十世

沟口雄三先生在哈佛燕京学社讲座（1996年）

纪末整个北美大学为后现代思潮所笼罩，如哈佛大学的柯文(Paul Cohen) 教授在 1984 年出版了《在中国发现历史》(Discovering History in China) 一书，主张立足于中国内部立场来研究中国历史，被认为是试图打破西方中心主义的理论表述，对于中国学研究产生很大影响，因此也不必把两者的差异看得太重。但是在这个背景里看沟口雄三在 1980 年为其《中国前近代思想之转折与展开》一书所写的《绪言》："'近代'这个概念，自始就是欧洲的概念；这原本只是他们内部对旧代时代的自我歌颂之概念，然而随着'欧洲'自我膨胀为'世界'，这个概念也在不知不觉之间，变成泛世界性的概念；至此，'近代'这个概念甚至成为证明他们在世界史上的优势地位之指标。"如此批评西方中心主义，态度十分鲜明，也显出作者的日本或东亚立场。

日语"近代"即我们所说的"现代"。日本自明治维新以来西化得很厉害，晚清以来的中国学界也深受此"近代"观念的影响。不无吊诡的是，沟口先生一面反思"近代"观念，一面声称："对亚洲而言，'近代'一词不得不成为各式各样转折的概念。"[①]。其论述也不得不以是否"近代"作为"转折"的价值评判，因此他"试图突破这个无奈的转折，并解开它的束缚"，也似"无奈"之举。

沟口先生先是参加了洛杉矶加大召开的"中国思想史"国

① 林崇佑译《中国前近代思想之转折与展开》，台北："国立"编译馆，1994 年，页 449。

际研讨会，接着开班讲学，不啻是一次通往世界窗口的象征性事件。的确，他有备而来。课上印发了大量的文献资料以及他自己的著述。主要讲中国的“现代性”问题，总结出三种观点，在“资本主义”和“文明”的观点之外，他更主张“内发”说，即强调中国自身的“现代性”因子，但这三种观点是互为关联的。其时北美学界主张从中国内部发现朝向现代的发展，从柯文到魏斐德，把明清之交视作“转折点”，但注重传统的延续，这几乎形成共识。有趣的是对这一时期起先称“晚期帝制中国”（late imperial China）、接着“十七世纪中国”（seventeenth-century China），现在更为流行的则是“早期现代”（early modern），不同称谓含有观点、立场的微妙转移。在此脉络里，沟口先生提出“内发”观似乎也是大势所趋，但他从思想史角度加以阐述，著名的是对宋代“天理观”的重新诠释，而在其世俗化的转向中关注民众的日常生活方面的变化，是相当精辟的。

沟口先生另从“公”“私”概念重新看待中国历史，且在世界史的语境中加以比较，旁征博引之际不时提升到方法论高度，处处显示其东亚文化本位的批评立场。以概念入手，辨别词语运用的历史变化，涉及哈贝马斯的“公共领域”理论，均为当时国际学界的显学，而沟口先生视野开阔，使用新材料，打开前人不曾涉足的面向，令人耳目一新。他论及的日本“万世一系”与中国改朝换代的政治体制方面的异同，由是造成“革命”的意义的转换，这对于当时沉浸于“革命”话语研究的我带来直接的启示。与探索日本的“革命”观念有关，我在洛杉矶加大的东亚图书馆收集了不少资料，从德川时代日本儒士对

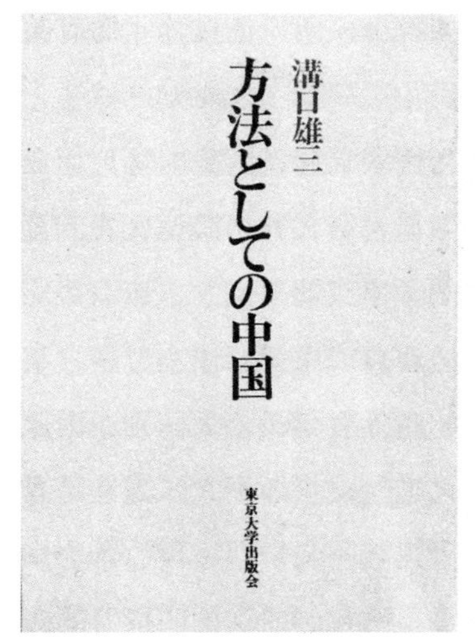

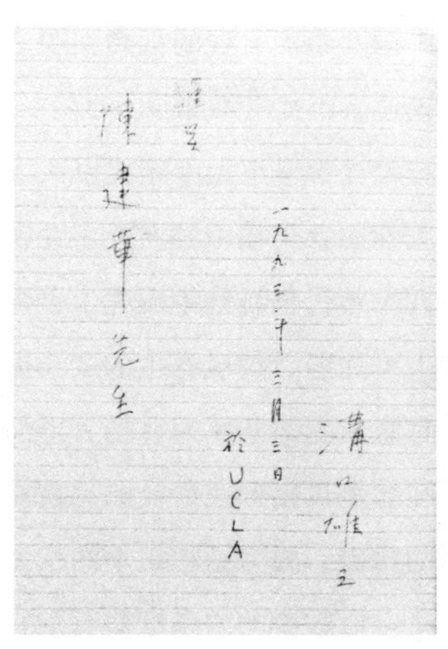

沟口雄三先生赠书（1993 年）

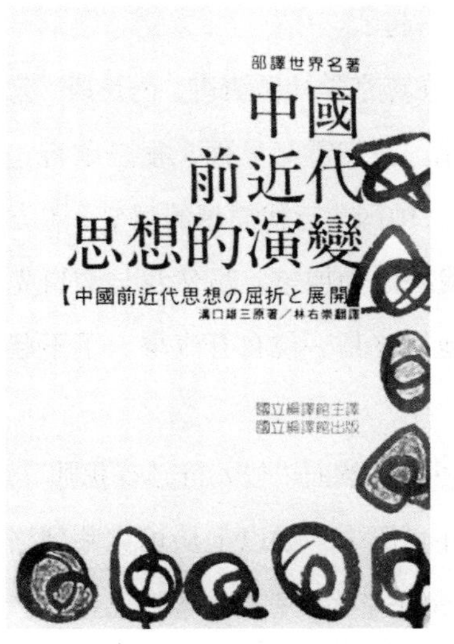

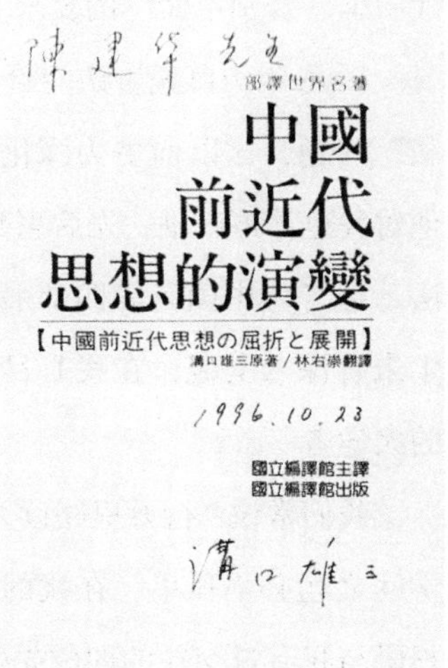

沟口雄三先生赠书（1996 年）

中国“革命”观的批判到明治时期吉田松阴、德富苏峰的有关论述，正忙得不亦乐乎。

二十世纪七十年代以来海外新儒家兴起，由美国哥伦比亚大学的狄培瑞引领召开了几次国际研讨会，并出版论文集。至九十年代仍有杜维明先生创导“儒学第三期复兴”，然而势头大不如前。沟口先生的“天理”诠释自成系统，体大思精，某种意义上与新儒家宣扬其形而上超越性哲学没多大区别，因此在北美没得到多少反响。我对“天理”观兴趣不大，当然是我的局限，因为是学文学的，素来重视晚明文学那一段，认为李卓吾所鼓吹的“率性而行”、汤显祖的穿越时空的“情”的表现与袁宏道的“性灵”小品是更容易与“现代”接轨的，而当时北美的中国现代文学研究正以追求“现代性”为主流，与当代中国“告别革命”的要求走到一起了。

1996年沟口先生访问哈佛，在燕京学社做演讲，仍是谈“公私”问题，比以前更为深化细化。我们重又见面，很是欣喜。他对我也谆谆鼓励，先后惠赠我《中国前近代思想的演变》《方法としての中国》等四部书，我视之为瑰宝。虽然我与沟口先生未有深入交流，在我心目中他始终是一位自开气象、了不起的大学者。

我们常说“行万里路读万卷书”，然而“三人行必有我师”，学问之途必不孤单。在我的海外经历中，如以上从柏克莱到洛杉矶与我有过交往的四位先生，都是学术前辈，如今皆已作古。每思及他们的金言卓行，高文硕德，无论点滴或片段，便低回不已，而他们对我的奖掖与鼓励，给我的学问之途增添温暖与信心，让我始终在人文理想的光照下黾勉前行。

2018 年 10 月

（原刊叶祝弟主编《一个人的四十年：共和国学人回忆录》，
北京：三联书店，2019 年）

金庸的折叠江湖

金庸仙去，哀悼“金大侠”之声轰鸣大江南北，如浪似波此起彼伏，多少杨过和小龙女，多少郭靖和黄蓉、郭襄、韦小宝奔走江湖，悲痛难抑。不过也可听到一种说法——往往出自金庸的知己老友，谓金庸本人其实最看重的并非家喻户晓的“金大侠”，念兹在兹的却是其“报人”身份，即当初那个叫“查良镛”的小记者一手创办了《明报》，把一份香艳小报打造成精英大报，叱咤香港政坛商界，被知识分子奉为“良知”的名片。关于金庸如何办报又如何阴差阳错而写武侠小说的经历我们耳熟能详，但“报人”引发了笔者的“关键词”考据癖，“报人”和“武侠”“江湖”有什么关系？这里谈点新闻、文学和电影的掌故，或能对大侠传奇作一别解。

首先“报人”是个近代概念。清朝有“邸报”，乃王朝的官宣，有报没有人。十九世纪后半期上海出现了《上海新报》《申报》等，由于租界的特殊条件民间能自由办报，于是有了办报的也有了记者，但为商业服务，以传播信息为主，后来有了议论时事的页面，开始有了报纸自己的声音和身份。戊戌变法期间《申报》连日有社评，据说是王韬写的，知识人能主导公共舆论，于是出现了“报人”。更厉害的是梁启超，流亡日本之后创办《清议报》和《新民丛报》，以“常带有感情”之巨笔抨击清廷，传播新知，尤其是其“新民说”“新史学”“新小说”等论述影响了一代学人。

被称为经典“报人”的，如名垂中国新闻史的“民国三大记者”——黄远生、邵飘萍和林白水，皆一介书生，批评时政，疾恶如仇，如无冕之王，言论足以撼动舆论，发挥了现代报纸的威力。但他们的结局悲惨，专制当局视之如仇，果然置其于死地而后快。

铮铮铁汉不好当，另有一种被认为更理性、更成熟的“报人”，如陈冷血1904起担任《时报》主笔，“时评”专栏即其所发明。后来为《申报》所聘，也是每天一篇时评，到1930年为止，一向执言论界之牛耳，坚持自由独立的报人人格，其十二条记者准则被尊为“治报之定律”。然而世道无直线，作为报人与权力网络牵扯，要坚持自由独立谈何容易。《时报》本属康梁一派，而陈冷血向梁启超叫板，讥刺其信口开河，哗众取宠，终于使报纸摆脱康梁而独立。他也配合清廷“新政”，鼓吹立宪，建言多于批评，然而当武昌城头枪响，他欢呼“革命”、赞成“共和”，对于旧王政有摧枯拉朽之功。由是观之其报人生涯遭遇激流险峰，不无曲折，却能看准前途，把握方向。尤其不容易的是，二十年代末蒋介石声势熏天，一再请陈冷血做他的智囊，陈却拒绝，1930年毅然离开《申报》，不再吃新闻饭而转去搞实业，遂能全身而退。

金庸心目中的“报人”偶像是《大公报》的创始人之一张季鸾，正是受该报的派遣，他作为一名小记者只身来到香港。张季鸾尊奉所谓“不党、不卖、不私、不盲”的“四不主义”，其实跟陈冷血一样的路数，当然二十世纪四十年代的时局变得更为复杂，要保持脑子清醒更不容易。我们知道，金庸脱离《大公报》之后在1959年集资创办《明报》，声称“绝对中立”，不过数年每日销量过五万份，除了种种善于精营的举措，他的前前后后写的七千篇时评扮演了关键角色，其中体现了通观八方、公心远识、调适舆情的报人智慧，从六十年代的回应“难民潮”到七十年代的“北望神州”版，应顺大陆改革开放的时代潮流，撇下个人恩怨的“小我”而融入新时期一切“向前/钱看”的“大我”，以致引起大陆高层甚至邓公的关注。

由一名普通记者一跃成为报业大亨，足给香港报业史写上光彩的一页，但纯属偶然查良镛写起武侠小说来，却开辟了一个新世界，“金庸”由是诞生。文学史上有这么一段佳话：1931年上海《新闻报》的“快活林”副刊连载张恨水的《啼笑因缘》，写到一半似难以为继，主编严独鹤建议张恨水加入武侠的情节，于是在沈凤喜、何丽娜之外添加了关秀姑，犹如异峰突起，读者阵阵尖叫。其实以前《儿女英雄传》里就有侠女十三妹搭救安公子的故事，而在《啼笑因缘》里关秀姑与其父搭救沈凤喜，刺杀军阀刘德柱，何等大快人心，而关秀姑使樊家树卷入三角恋爱，才子佳人的套路横生波折，又令人低回不已。小说在报纸连载，这些情节徐徐展开，忽而藏头去尾，忽而柳暗花明，作者尽卖关子之能事，把读者的胃口吊足。如此兴味跌宕的阅读，多半拜赐报纸连载这一机制，无怪乎张爱玲读顾明道的《明日天涯》，一边骂他写得差劲，一边“不得不读下去，纯粹因为它是一天一天分载的，有一种最不耐烦的吸引力”（《诗与胡说》）。

加入了武侠，使《啼笑因缘》成为经典，使张恨水成为大家。对于《新闻报》来说也是突出奇兵，须知当日严独鹤也是个著名“报人”，《快活林》和周瘦鹃主编的《申报自由谈》是沪上两大副刊，有“一鹃一鹤”之称。给《啼笑因缘》添加武侠的主意，并非严独鹤一拍脑袋就有的，其实是情势所迫，箭在弦上。二十世纪三十年代初正是武侠横行文坛影坛的时候，最显著的莫过于明星影戏公司张石川摄制的《火烧红莲寺》，1928 年上映便轰动一时，至 1931 年连续拍了 18 集，可见武侠传奇的魔力。

《火烧红莲寺》是根据不肖生的《江湖奇侠传》的部分情节改编的，也是这位严独鹤在 1923 年初将《江湖奇侠传》在他主编的《红杂志》上连载，便一炮串红。从前在《施公案》、《三侠五义》等小说里，侠客是朝廷奴才、官府鹰犬，不肖生改变了这一主奴关系，把武侠从庙堂搬到“江湖”，故事围绕崆峒派和昆仑派为争夺水陆码头而展开，似乎是民国时期政党政治的镜像投影，但不肖生笔下的“江湖”却是个崭新的奇幻世界，描写湖湘地区的奇人异闻，塑造了社会弱者的群像，如小童生向乐山练就“辫子功”，能把千年老树连根拔起，能盘住仇人的颈脖使之在空中飞翔。或长得奇丑的柳迟、丈夫死后不畏礼俗穿一身红衣的红姑，皆志诚求道而身怀绝技，惩恶扬善，匡扶正义。

武侠的江湖世界纯属虚构，却空降在都市中，令人震撼惊呼，其身体的原始潜能、快意情仇的情节和另类的想象空间，皆能弥补现代人的心理缺失。并非所有武侠作品一经问世便自成经典，若要让大众喜闻乐见，给文人报人带来灵感刺激，还须有两大秘笈，即平民性与创意性。《江湖奇侠传》里的金罗汉、沈栖霞等男女魁首皆独来独往，以道义精神联络徒众，他们的性格魅力远胜于威权，而小说的视觉造型、机关装置与飞剑流弹等，无不诉诸由声光化电所造成的现代思维习惯。而《火烧红莲寺》将飞檐走壁、剑光飞舞一一展示在荧幕上，是拍摄上技术革新的结果。而佛寺中粉腿美女围坐老和尚的镜头则来自好莱坞影片的影响。

对这些武侠小说金庸了如指掌，其“江湖”世界却继往开来，有容乃大。它不限于一时一地与门派之争，而在名山大川、神州四海的巨幕上史诗般演绎民族大义、家恨国仇的传奇，文史掌故信手拈来。有人认为金庸的武功描写继承并超越了还珠楼主，的确，《蜀山剑侠传》的剑客口吐白光，比《江湖奇侠传》更胜一筹。其实金庸远不止融入巫术、神仙术或阴阳五行，还继承了《金瓶梅》《红楼梦》的儒佛道三教合一的文化传统。不过更动人心弦的在于他对乱世中“小人物的悲哀”的描写，即其武侠世界的“软功”所在。自 1955 年至 1972 年近二十年的武侠创作之旅，从《书剑恩仇录》《射雕英雄传》到《天龙八部》，爱情与死亡卷入国家民族的宏大叙事，境界之奇崛开阔，人物之鲜明灵动，情节之惊险离奇，无不令人叹为观止。然而直至《笑傲江湖》及收官的《鹿鼎记》，却屡反高潮，峰回路转，创造出令狐冲那样的人物，脱略了道义与家国的外在面具而讴歌人性的解放与自由的追求，或如韦小宝游走体制内外，模糊正邪界限，以游戏人间、本真自适为生存形态，至此方显出金庸的武侠江湖的至尊境界及其文学自我的终极归宿。

这是金庸的“江湖”世界，却非全部。对于金庸来说“江湖”是大闹一场的人生博弈，丝丝紧扣他的“报人”生涯。作为《明报》主脑，他掌控社论与副刊两大门户，一边写时事，一边写武侠小说，正像他的名字拆开是“金庸”，合起是“镛”，犹如重屏折叠的“江湖”世界，能在入世与出世、现实与虚构之间把智商与情商都能玩到这么极致的，也只有金庸，没有之一。说来奇怪，金庸喜欢在政论文章中预测未来，十有八九竟能言中。而其小说中的流动空间、诡异人性、奇迹创意与多元杂糅的倾向仿佛应顺了世纪末的文化走向，无怪乎与香港无厘头风格若合符契，在失序的全球化时代一路爽到爆。

接下来不用多说，众所周知，他一边修订小说，一边务实进取。1981 年邓小平接见金庸，笑谈之间恩仇俱泯，不啻是开放时代的象征，一幕江湖佳景。从此他的武侠小说在大陆畅通无阻，文学桂冠接踵而来。此后的数十年里，他仍在虚构与真实之间折冲斡旋，如其“江湖”随心开合，幸运而快乐。

金大侠走了，文人和报人的时代也随风而逝，留下他的侠客们在江湖上幽灵般漂荡，快乐而忧伤。

（原刊《腾讯·大家》专栏，2019 年 1 月 19 日）